rororo

ro
ro
ro

Mark Spörrle ist Redakteur bei der ZEIT und war Autor der satirischen Kolumne «Sitten & Gebräuche». In seiner Freizeit bringt er seine Frau manchmal um den Verstand.
Im Dezember 2006 erscheint der zweite Band mit Mark Spörrles irrwitzigen Geschichten aus dem Leben: «Wer hat meine Hemden geschrumpft?» (rororo 24346).

Mark Spörrle

# *Ist der Herd wirklich aus?*

## *Irrwitzige Geschichten aus dem wahren Leben*

Mit Illustrationen
von Sabine Völkers

Rowohlt Taschenbuch Verlag

2. Auflage Januar 2008

Ungekürzte Ausgabe
Veröffentlicht im Rowohlt Taschenbuch Verlag,
Reinbek bei Hamburg, August 2006

Umschlaggestaltung any.way, Wiebke Jakobs
(Illustration Sabine Völkers)
Satz Palatino PostScript bei KCS GmbH, Buchholz bei Hamburg
Druck und Bindung C.H.Beck, Nördlingen
Printed in Germany
ISBN 978 3 499 33236 4

Für Sabeth

# Inhalt

# Retour-Kutsche

***Unlängst*** klingelte das Telefon, und sie war dran. Das Paket, sagte sie, mit meinen Sachen, die sie mir vor längerer Zeit geschickt habe, es sei schon wieder zurückgekommen, und was ich ihr damit sagen wolle. «Nichts», sagte ich, «ich wollte dir nichts sagen.» – «Und was», fragte sie, «hat das sonst zu bedeuten?» – «Die Post», sagte ich. «Das ist alles?», rief sie. «Ein halbes Jahr geht das schon, und du behauptest, dass es nur an der Post liegt?» – «Ich schwöre», stammelte ich, «es ist nur die Post, nichts als die Post, ich bin längst wieder in einer anderen Beziehung, ich bin glücklich, bitte, kannst du es mir nochmal, ein letztes Mal …» – «Ja!», schrie sie und legte auf.

Ich warf mich aufs Sofa und dachte nach. Ich hatte kein bisschen gelogen, ich war gefangen in einem Teufelskreis: Irgendwann, wenn ich aus dem Büro kam, lag im Briefkasten diese Benachrichtigungskarte, der Zusteller habe mich nicht angetroffen, aber ich könne die Paketsendung gerne persönlich abholen. Natürlich war die angegebene Abholstelle die abgelegenste aller infrage kommenden Filialen, und sie hatte bestenfalls arbeitslosenfreundliche Öffnungszeiten. Nach Eintreffen der letzten Benachrichtigungskarte hatte ich mich an fünf Tagen hintereinander vorzeitig aus dem Büro geschlichen. Zweimal hatte eine S-Bahn-Verspätung alles zunichte gemacht, einmal war ich beim Endspurt durch die Fußgängerzone mit einem Currywurstesser zusammengeprallt. Ein weiteres Mal erreichte ich die Postfiliale fünf Minuten vor dem angegebenen Öffnungsschluss, aber die Tür war trotzdem schon abgesperrt und blieb es, sosehr ich mich auch dagegen warf, zum Amüsement der Postleute, die mich durch die Glasscheiben beobachteten. Einmal fing mich mein Chef ab und verwickelte mich in ein unangenehmes Gespräch. Dann war die Lagerfrist von sieben Werktagen abgelaufen, und das Paket ging zurück. An sie. Ausgerechnet.

Es gibt Situationen im Leben, da zählt nicht mehr der Aufwand, der erforderlich ist, um ein Ziel zu erreichen.

Zwei Abende lang befragte ich Nachbarn zum Lieferverhalten der Paketboten. Ich würde es vielleicht nicht glauben, sagte die frühpensionierte Frau Schmidtke aus dem zweiten Stock, aber sie habe vom Fenster aus beobachtet, wie die Paketmänner in ihrem Fahrzeug säßen und das Haus observierten, rauchend und mit laufendem Motor. Plötzlich stiegen sie aus, ohne Paket, wohlgemerkt, schlenderten zum Eingang, sähen sich verstohlen um, berührten kurz den Klingelknopf, sprinteten zum Wagen zurück und rasten mit Vollgas davon. «Sie *wollen* niemanden antreffen. Die Pakete sind schwer», sagte sie in heiserem Flüsterton. «Wer im Erdgeschoss wohnt, der hat vielleicht eine Chance, wenn er schnell, jung und tagsüber zu Hause ist. Aber Sie, Sie wohnen doch im vierten Stock …»

Ich nahm ein paar Tage Urlaub, meine Liebste erklärte mich für verrückt, kaufte ausreichend Vorräte und entwarf einen strikten Tagesplan. Morgens ab sechs trainierte ich eine halbe Stunde Treppenlaufen, anschließend öffnete ich das Fenster zur Straße und übte so lange Rufe, die ich aus Polizei- und Actionfilmen kannte, bis ich allein durch Stimmeinsatz tief unter mir auf dem Bürgersteig fahrende Radfahrer zur Vollbremsung bringen konnte. Von acht bis achtzehn Uhr postierte ich mich am Fenster.

Nach ein paar Tagen kannte ich die Arbeitszeiten der Bewohner der umliegenden Häuser auswendig und hatte außerdem herausgefunden, dass schräg gegenüber jemand ein illegales Bordell betrieb. Am Donnerstag, eben hatte ich meinen Urlaub «aus wichtigem privatem Grund» verlängert, machte mich Frau Schmidtke telefonisch auf einen verdächtigen Transporter aufmerksam, der sich als der des Gemüsehändlers entpuppte. Nachmittags um 14.12 Uhr näherte sich erstmals ein langsam fahrendes Postfahrzeug. Ein Mann stieg aus, ohne Paket. Er sah sich nach allen Seiten um und schlich verstohlen auf das Haus zu.

Ich schnellte hoch, bewältigte die Treppen in Rekordzeit, riss die Haustür auf, donnerte: «Halt! Stehen bleiben!», und sah, wie der Mann in den Blumenbottich an der Ecke pinkelte. Bevor ich mich entschuldigen konnte, löste er sich aus seiner Erstarrung und floh.

Am Freitag verfolgte ich einen heftigen Ehekrach schräg gegenüber und verständigte Polizei und Krankenwagen.

Am Montag um 11.02 Uhr hielt wieder ein Postwagen vor dem Haus. Ein Gelbgekleideter stieg aus.

Er hielt etwas in der Hand. Es war ein Päckchen. Ich polterte nach unten und stieß die Haustür mit einem gellenden Schrei auf. Der Paketlieferant, den Finger gerade auf halbem Weg zum Klingelschild, starrte mich mit geweiteten Augen an. Ich entriss ihm das Päckchen und knallte die Tür zu. Es war an meinen Nachbarn Peter adressiert.

Der dankte mir abends gerührt und erzählte mir von einem dummen Gerücht, die Postwagen seien in Wirklichkeit Fahrzeuge des Verfassungsschutzes, voll gestopft mit modernster Überwachungselektronik, mit der als Auslieferer getarnte Agenten Wohnungen scannten und sich einen teuflischen Spaß daraus machten, immer dort zu klingeln, wo gerade niemand öffnen könne. Nur ein dummes Gerücht, sagte Peter, aber sei nicht an jedem Gerücht etwas dran?

Am Tag darauf, ich saß wieder am Fenster,

spürte ich den Druck. Vielleicht war es die einseitige Ernährung der vergangenen Zeit oder die dauernde Anspannung; der Schmerz in meinem Unterbauch nahm ständig zu. Gegen 13 Uhr begann ich mit Yoga-Übungen. Gegen 14 Uhr entschloss ich mich, leise zu wimmern. Gegen 14.25 Uhr konnte nicht mehr. Es gibt Helden, mutterseelenallein in einem Ballon auf dem Weg zum Nordpol, die Windeln tragen oder sich in einer solchen Lage, das Ziel vor Augen, nicht um ihre Unterwäsche scheren. Ich bin kein Held, und außerdem, was würde meine Liebste denken?

Um 14.37 Uhr verließ ich meinen Posten schmerzgekrümmt und für höchstens drei Minuten. Um 14.39 Uhr klingelte es. Kurz und flüchtig. Es war das Klingeln von einem, der niemanden antreffen möchte.

Bevor ich nachdenken konnte, reagierten meine Reflexe. Mit ein paar Sprüngen war ich im Treppenhaus, ich nahm die erste Treppe im Sturm, auf der zweiten entglitt die offene Hose meinen Händen, wickelte sich um meine Fußknöchel, ich stürzte, hörte, wie im Treppenhaus Türen aufgerissen wurden, kam wieder auf die

Füße, hörte die anfeuernden Rufe meiner Nachbarn, ignorierte die Schmerzen im Knöchel, nahm die restlichen Treppen, erreichte humpelnd die Tür, riss sie auf und sah den gelben Postwagen gerade noch mit Vollgas um die Ecke biegen.

Am nächsten Tag rief ich sie an. «Ich habe es mir überlegt», sagte ich. «Du kannst meine Sachen behalten. Als Erinnerung, als was auch immer.»

Sie seufzte. «Ich habe es gewusst. Die ganze Zeit schon. Gestern habe ich dir auch etwas geschickt. Ein kleines Paket. Zur Erinnerung …» – «Nein!», schrie ich. «Nein!»

Aber sie hatte schon aufgelegt.

# Hemdenasyl

**Ich** liebe mein rotbraunes Hemd. Ich habe es schon lange Jahre, wir haben zusammen so viel erlebt, und ich würde es niemals im Stich lassen, auch wenn manche das gerne hätten.

Zum Beispiel meine Liebste.

Neulich, es war gegen Morgen, hatte ich den Traum, ein schwarz maskiertes Spezialkommando würde unsere Wohnungstür aufsprengen, um mich zu kidnappen. Ich fuhr hoch, und sie stand vor mir, in der Hand mein rotbraunes Hemd.

«Glaubst du nicht», sagte sie, «es wird langsam Zeit, dass du dich von diesem Fetzen verabschiedest?»

«Warum?», stotterte ich mühsam. «Das Hemd ist doch noch völlig in Ordnung.»

Meine Liebste prustete. «Völlig in Ordnung? Der Kragen ist abgeschabt, überall sind Flecken, und die Farbe – was ist das überhaupt für eine Farbe?»

«Rotbraun», erklärte ich, «große dunkelbraune Karos auf rotem Untergrund.»

«Karos?», fragte sie. «Ich sehe keine Karos.»

Ich sagte, das liege an den schlechten Lichtverhältnissen in unserem Schlafzimmer. Sie deutete auf eine Stelle am Hemdrücken und wollte wissen, ob diese rot oder braun sei. Ich konnte es nicht mit letztgültiger Sicherheit sagen, tippte aber auf Rot. Sie zeigte auf den Kragen. Hier vermutete ich eher Braun. Dann zeigte sie auf eine etwas ausgeblichene Stelle an der Brust, bei der es schon schwieriger war.

Ich fragte, ob sie mich ärgern wolle.

«Du willst mich ärgern», sagte sie. «Dieses Ding hängt seit Ewigkeiten in unserem Kleiderschrank und nimmt Platz weg, ohne dass du es noch tragen würdest, aber jedes Mal, wenn ich etwas sage, behauptest du, du könnest dich nicht von ihm trennen.»

«Ich kann mich nicht von diesem Hemd trennen», sagte ich mit fester Stimme.

«Warum nur?», rief sie. «Warum?»

Ich hätte sagen können, dass Frauen keine Ahnung haben, wie das mit einem Lieblingshemd ist, das man vor über zwanzig Jahren gekauft hat, um zum ersten Mal in eine Disco zu gehen, das man später bei denkwürdigen Ereignissen in der Kneipe und im Biergarten getragen hat, mit aufgekrempelten Ärmeln, damit es noch passte, ein Hemd, in dem man fast in eine Schlägerei geriet (weil jemand es böswillig mit Rotwein überschüttet hatte), ein Trennungsgespräch erlebte (nicht wegen des Hemdes!) und das man bei zwei für die Karriere wichtigen Umzügen trug. Ich hätte sagen können, dass es ein solches Hemd nicht verdient, behandelt zu werden, als sei es irgendein dahergelaufenes Hemd.

Aber meine Liebste hätte es nicht verstanden. Für eine Frau zählen in einem solchen Fall nur rationale Argumente.

«Wer sagt denn, dass ich es nicht mehr tragen kann?», fragte ich.

Meine Liebste wurde blass.

Am folgenden Tag stellte ich fest, dass meine Arbeitskollegen für ihr Alter noch ziemlich kindisch waren.

Gegen zehn Uhr, kurz nachdem ich durch den Flur zum Kopierer gegangen war (um die Arme richtig bewegen zu können, musste ich die drei obersten Knöpfe des Hemdes offen lassen), begannen die ersten von ihnen unter erbärmlichen Vorwänden mein Zimmer zu betreten, mich wortlos anzustarren und dann schnell und mit zuckenden Lippen wieder zu verschwinden. Gegen elf Uhr gingen sie dazu über, sich im Flur zusammenzurotten, im Fünf-Minuten-Takt meine Tür aufzureißen und in haltloses Gelächter auszubrechen. Gegen elf Uhr dreißig kaufte ich im Kaufhaus nebenan ein Ersatzhemd (als er sah, dass ich wirklich bezahlen konnte, entschuldigte sich der Verkäufer für seine anfängliche Reserviertheit).

Auch die Lippen meiner Liebsten zuckten, als ich abends zu Hause von meinem Tag erzählte.

Von nun an trug ich mein Lieblingshemd im Haus. Nach zwei Tagen zuckten die Lippen meiner Liebsten nicht mehr, nach vier Tagen erteilte sie mir die Auflage, das Hemd zu wechseln, bevor wir Besuch bekämen, und sei es nur der Briefträger. Nach fünf Tagen versuchte sie, es nach dem Waschen im Müll verschwinden zu lassen, ich zerrte es gerade noch rechtzeitig wieder heraus.

«Bitte!», sagte sie, als ich mich hineinzwängte,

«ich möchte dieses Hemd nicht mehr zu Gesicht bekommen! Trag es, wann du willst, nur nicht in meiner Gegenwart!»

Im Leben ist alles eine Frage der Organisation. In jeder noch so guten Partnerschaft ist man hin und wieder so allein, dass man schnell in sein Lieblingshemd schlüpfen kann: auf der Toilette, beim ausführlichen Suchen nach etwas sehr Wichtigem im Keller oder morgens um sechs, eine halbe Stunde vor dem Weckerklingeln, wenn Zeit genug ist, sich im Hemd vor den großen Spiegel im Flur zu setzen, über die Flecken und abgeschabten Stellen zu streichen und seinen Erinnerungen nachzuhängen. Bis man dort einmal vom Schlaf überrascht wird, die Liebste nach dem Weckerklingeln aus dem Schlafzimmer tappt und aufschreiend über einen stürzt.

Nach zähen Verhandlungen einigten wir uns darauf, dass ich das Hemd vorläufig nicht mehr tragen würde. Im Gegenzug sollte es einen speziellen Kleiderbügel ganz vorn im Schrank erhalten, wo ich es bei jedem Öffnen der Schranktür betrachten konnte.

«Ich hoffe, du kommst nicht auf die Idee, dabei noch Kerzen anzuzünden», sagte meine Liebste.

Aber schon nach einigen Wochen fiel mir auf, dass ich immer seltener mit meinem Hemd sprach. Nach zwei Monaten ertappte ich mich dabei, wie ich die Schranktür zum ersten Mal öffnete und schloss, ohne es andächtig berührt zu haben. Nach drei Monaten wollte meine Liebste mit mir in aller Ruhe und mit einem Erwachsenen über den künftigen Verbleib des rotbraunen Hemdes sprechen, das ich schon seit Wochen keines Blickes mehr gewürdigt hätte.

Ich argumentierte, das habe nichts zu sagen, und das Hemd könne bei der einen oder anderen Gelegenheit immer noch gute Dienste leisten, beim nächsten Umzug oder notfalls in ein paar Jahren beim Streichen der Küchenwände.

Meine Liebste schüttelte langsam den Kopf. «Würdest du deinem treuen alten Hemd so etwas Schmutziges wirklich antun?»

Ich starrte sie an und verneinte gerührt. Ich weiß, warum ich meine Frau liebe.

«Gib es ab», sagte sie. «Gib es jemandem, der es wirklich brauchen kann und der es in Ehren hält.»

Es war nicht leicht.

Mein Vater lehnte es ab, das Hemd auch nur anzuprobieren, mein Bruder ebenso. Der Mann im Secondhandladen brach in höhnisches Gelächter aus, als ich es auspackte, und die Frau von der Caritas wollte mir nicht garantieren, dass dieses Hemd nur in wirklich gute Hände abgegeben werde. Blieb noch unser Nachbar Peter, der über viel Platz im Kleiderschrank verfügt und der bereit war, meinem Hemd Asyl zu gewähren.

Nur so lange, bis meine Liebste die ganze Sache vergessen hat.

# Fit im Gummikorsett

***Eines*** Morgens, ich stand im Aufzug, um ins Büro hochzufahren, drückte jemand von außen die Türflügel auf und zwängte sich hinein. Es war mein Kollege Michael. Lächelnd bohrte er mir den Zeigefinger in den Bauch und fragte: «Wie lange?»

Ich starrte ihn fragend an.

Er holte ostentativ geduldig Luft. «Na, wie lange bist du heute Morgen gelaufen?»

Ich starrte ihn weiter an, denn genau das war das Problem. Man kann auch als Nichtläufer gesund, belastbar und kreativ sein, nur das wusste Michael nicht. Was nicht schlimm gewesen wäre, hätte man ihn nicht in der Firma für den kommenden Mann gehalten.

«Oh, ich bin einige Zeit nicht gelaufen, ausnahmsweise», sagte ich, unauffällig die Bauchmuskeln anspannend, «die Affäre Sommer übrigens …»

«Wann läufst du sonst immer?», unterbrach

Michael ungeduldig. Mir fiel auf, dass er von einem Fuß auf den anderen trat, als könne er es nicht erwarten, gleich loszulaufen, notfalls hier im Fahrstuhl.

«Oh, das ist unterschiedlich …», begann ich zögernd, aber da hielt der Fahrstuhl endlich. Ich rief: «Wichtiges Telefonat», und stürmte los, aber ich wusste, Michael würde wieder fragen. Heutzutage kann es das berufliche Aus bedeuten, wenn man nicht das tut, was andere für angesagt halten.

In der Mittagspause schlich ich an den Kollegen vorbei, die im Gang in kleinen Grüppchen zusammenstanden, Eiweißdrinks schlürften und breit grinsend über den nächsten Stadtmarathon redeten, kaufte in der Buchhandlung eine Auswahl Laufbücher und ließ sie als Geschenk verpacken. «Für meinen Neffen», raunte ich, als ich ins Büro zurückkam, für den Fall, dass mir jemand heimlich gefolgt war, «er ist drei, allerhöchste Zeit, mit dem Laufen anzufangen.»

Am nächsten Morgen war ich todmüde, aber hatte alles gelesen über die richtige Laufkleidung, die richtigen Schuhe und die richtige

Lauftechnik; ich hatte außerdem ein paar Freunde angerufen und mir anhand ihrer Laufzeiten im Stadtpark eine fiktive eigene Laufzeit ausgerechnet, die einigermaßen respektabel klang, aber deutlich unter der lag, die ich bei Michael vermutete – möglicherweise wäre er sonst auf die Idee gekommen, sich morgens um sechs mit mir messen zu wollen.

In der Mittagspause stellte ich mich zu den Kollegen in den Flur. Obwohl ich mir alle Mühe gab, dynamisch von einem Bein aufs andere zu treten, waren sie nicht übermäßig angetan von meinem Fachwissen, ja, einige Schlüsselstellen über Glücksbotenstoffe im Hirn und Laufen mit und ohne Sauerstoff, die ich noch im Morgengrauen auswendig gelernt hatte, waren offenbar unter Läufern so bekannt, dass die anderen sie im Chor mitsprechen konnten.

Um Leute wie Michael zu beeindrucken, brauchte ich bessere Informationen. Am Abend klickte ich mich durch Laufforen im Internet, bis ich auf die spannende Frage stieß, wie man es schafft, bei schnellem Lauf ausschließlich durch die Nase zu atmen (es ist unmöglich, gestand ein Sportmediziner). Am nächsten Morgen passte ich Michael wie zufällig vor dem Fahrstuhl ab und verwickelte ihn beim Hochfahren in ein Gespräch zu ebendiesem Thema.

«Wie trittst du eigentlich auf?», unterbrach Michael meinen Redefluss mitten im Satz.

«Na, mit den Füßen», erwiderte ich verständnislos. Er sah mich ebenso verständnislos an, bis sich die Fahrstuhltüren öffneten. Später, beim zufälligen Zusammentreffen in der Kaffeeküche (ich tat, als kaute ich etwas und hätte es zudem sehr eilig), warf er mir einen skeptischen Blick zu. Ich musste deutlichere Hinweise auf meine Laufkompetenz geben.

Ich begann, mit einer Sporttasche zur Arbeit zu kommen, entspannt grinsend (ich brauchte nur dran zu denken, dass die Kollegen vor Stunden aufgestanden waren, um im Halbdunkeln zwischen Hundehaufen Slalom zu laufen). Ich übte vor dem Spiegel einen kraftvoll-federnden Gang. Und als eine Besprechung mit Michael anstand, kaufte ich im Laufshop grell gefärbte Profi-Laufsocken, wusch sie zehnmal hintereinander, bis sie gebraucht aussahen, und zog sie zum Anzug an.

Es lief nach Plan. Als ich Michael gegenübersaß und die Beine so übereinander schlug, dass die Socken zu sehen waren, unterbrach er sofort das Gespräch, zog seinerseits die Anzughose hoch und zeigte mir seine Laufsocken. Es war dieselbe Marke.

Ich verließ sein Zimmer mit dem guten Gefühl, jede Menge wettgemacht zu haben.

In den kommenden Tagen perfektionierte ich das Erscheinungsbild eines passionierten Läufers.

Ich begann, im Büro zu trinken, viel, sehr viel, mindestens drei Liter Wasser am Tag. Auf meinem Schreibtisch stand immer eine angebrochene Flasche, auch in Konferenzen und Besprechungen nahm ich spätestens jede dritte Minute einen gurgelnden Schluck. Zudem kaufte ich im Erotikfachgeschäft ein schnürbares Gummikorsett, das sich unauffällig unter dem Hemd tragen und mich so schlank wie einen echten Läufer erscheinen ließ.

Dann traf ich Michael am Kopierer.

«Wo läufst du eigentlich?», fragte er. «Im Stadtpark?»

«Selbstverständlich», sagte ich und markierte ein paar Dehnübungen, «obwohl ich mich in letzter Zeit dabei erwische, dass ich auch anderswo anfange zu laufen. Ich kann nichts dafür, es geschieht völlig automatisch. Neulich ertappte ich mich zum Beispiel dabei, wie ich durch die S-Bahn rannte. Wieso?»

«Seltsam», sagte Michael und sah mich aus zusammengekniffenen Augen an. «Ich laufe auch im Stadtpark. Aber ich hab dich da noch nie gesehen.»

Am Abend kleidete ich mich in einem abgelegenen Laufshop ein und stellte drei Wecker, unnötigerweise, da ich vor Aufregung ohnehin nicht schlafen konnte. Frühmorgens fuhr ich im Laufdress zum Parkeingang, versteckte mich hinter stehenden Autos, und als ich in einem der aus dem Park strömenden Läufer Michael erkannte, lief ich winkend an ihm vorbei und, so gut ich konnte, weiter, bis er außer Sicht war. Keuchend, mit schmerzenden Beinen kehrte ich nach Hause zurück, wo ich erschöpft einschlief und erst Stunden später ins Büro kam, was Michael nicht davon abhielt, mir freundlich zuzunicken.

Zwei Tage später stand ich noch früher auf, feuchtete mein Haar unter dem Wasserhahn an,

MARATH
5

rieb mein Gesicht mit glänzender Fettcreme ein und fuhr zum Stadtpark. Als Michael im Laufdress auftauchte, kam ich ihm entgegen, armschwenkend, außer Atem und im Gesicht ein seliges Leuchten. Bei der Nachmittagskonferenz im Büro bedeutete mir Michael, ich möge mich doch neben ihn setzen.

Beim dritten Mal geriet ich in einen Stau. Als ich aus dem Auto stieg, sah ich Michael schon in den Park sprinten.

Ich beschloss, ihm über den Weg zu laufen, wenn er zurückkam, und so lange in dem netten kleinen Café zu frühstücken, das direkt am Park lag und das erstaunlicherweise schon geöffnet hatte. Noch erstaunlicher war es, dass die Bedienung dort mich verschwörerisch in ein Hinterzimmer winkte.

Dort saßen zwei Dutzend Männer in Sportkleidung, zeitunglesend, plaudernd und frühstückend. Einer von ihnen war Michael.

Meine Liebste bewundert mich sehr dafür, dass ich neuerdings bei Wind und Wetter zum Laufen gehe.

# Es hat geschmeckt! Ehrlich!

***Ich*** bin ein drastischer Erzähler, zumal wenn ich etwas getrunken habe. Aber vermutlich hätte ich, wenn ich schon erwähnen musste, dass ich zu Eintöpfen und Suppen generell ein feindseliges Verhältnis habe, wenigstens auf die Details verzichten können: Wie mir das Kindermädchen als Fünfjährigem über Monate eine Tütenkartoffelsuppe nach der anderen anrührte. Wie ich später, beim Mittagstisch in der Schule, jeden Tag Fertigtomatensuppe löffelte (die Alternative war Fertigkartoffelsuppe). Und wie mir meine Mutter mit «Pichelsteiner Topf» so den Rest gab, dass ich die Dosen bis heute nicht sehen kann, ohne zu würgen.

Ich verzichtete nicht auf die Details. Wahrscheinlich war es auch die Erleichterung darüber, dass die Kürbiskarottensuppe, die uns Manuel und Kerstin bei ihrer Esseneinladung als ersten Gang vorgesetzt hatten, für eine Suppe erstaunlich gut schmeckte. Viel besser, als all diese widerlichen Suppen und Eintöpfe üblicherweise schmecken, ja so gut sogar, dass ich mich gar nicht zwingen musste, sie auszulöffeln. Das sagte ich Kerstin und Manuel gleich mehrfach, erhob sogar das Glas auf Kerstins außergewöhnliche Suppenkochkunst.

Doch statt sich über das größte Lob zu freuen, das zu vergeben ich Suppentraumatisierter in der Lage war, wurden unsere Gastgeber plötzlich sehr einsilbig. Und als ich freundlich fragte, ob es danach Fleisch oder Fisch gebe, zogen sie sich unter einem Vorwand in die Küche zurück. Hinter der geschlossenen Tür hörten wir sie wild diskutieren. «Du hast es absolut übertrieben mit deiner Suppenphobie», raunte meine Liebste, bevor Kerstin und Manuel mit verkniffenem Lächeln zurückkehrten.

Das Gespräch schleppte sich nur noch mühsam voran. Kerstin schenkte hastig unsere Weingläser immer wieder randvoll, kaum hatten wir sie halb geleert, während Manuel eilfertig einen vollen Brotkorb nach dem anderen aus der Küche holte. Aber trockenes Weißbrot ist auf Dauer zu wenig, wenn man zum Essen eingeladen ist.

Gegen zehn, als mir vor Hunger und Alkohol fast schwindelig wurde und Manuel begann, Fotos vom vorletzten Urlaub zu zeigen, erkundigte ich mich noch einmal nach dem Hauptgang.

Oh, kicherte Kerstin, den hätten sie fast vergessen, zumal der wirklich nichts Besonderes sei. Er habe eine Idee, sagte Manuel schnell: Wo wir uns gerade so nett unterhielten und es schon recht spät sei, könnten wir doch auch gleich zum Nachtisch übergehen?

«Ach», lächelte meine Liebste tapfer, «wir freuen uns auch über ein ganz einfaches Hauptgericht.»

Manuel erkundigte sich, ob wir vorher nicht noch etwas Schokolade wollten oder einen Schnaps.

«Lieber nach dem Essen», erwiderte ich mühsam lächelnd und stopfte mir zwei Scheiben Weißbrot in den Mund, um meinen Kreislauf aufrechtzuerhalten.

Unsere Gastgeber verschwanden mit betretenen Gesichtern in Richtung Küche. Als sie zurückkamen, trugen sie wieder Suppenteller in den Händen.

Nur das portugiesische Nationalgericht, sagte Kerstin mit kaum hörbarer Stimme, es sei eine, nun ja, eine Art Eintopf mit Würzwurst und Muscheln, und sie habe in den letzten Stunden verzweifelt versucht, es wenigstens zu einem Brei einzukochen, leider vergeblich. Aber, unterbrach sie Manuel, es gebe einen netten Imbiss gleich um die Ecke, wo vier Leute um diese Zeit problemlos eine leckere Pizza bekämen, und er habe tierische Lust auf Pizza, auf so etwas richtig Handfestes, das Gegenteil von einem Eintopf. Uns gehe es doch sicher auch so?

Wir hatten längst angefangen zu essen. Nach den ersten Löffeln stellte ich fest, dass dieses Essen sehr gut schmeckte, dafür, dass es ein Eintopf sein sollte, sogar unglaublich gut. Ich blickte hoch, in die angespannten Gesichter unserer Gastgeber. «Unglaublich gut!», sagte ich. Nach ein paar weiteren Löffeln bemerkte ich, dass Kerstin und Manuel immer noch nicht aßen. Ich erkundigte mich, ob alles in Ordnung sei.

«Doch», sagte Kerstin, «aber schmeckt es dir wirklich?»

Natürlich, versicherte ich ihr, es schmecke hervorragend, aber das hätte ich doch gerade schon gesagt, sie sei wirklich eine großartige Köchin, und sie sollten nur auch anfangen zu essen, sonst werde es kalt.

Unsere Gastgeber beobachteten mich seltsam distanziert. Dann flüsterten sie kurz miteinander. Kerstin sagte, wir seien doch unter uns, und wir müssten uns doch nicht gegenseitig etwas vormachen, oder?

Ich verstand nicht.

Nun ja, ich solle ruhig sagen, dass ich mit diesem Essen nichts anfangen könne, sagte Kerstin, ich müsse mich keinesfalls zwingen, nur ihretwegen etwas zu essen, was ich zutiefst hasste.

Dass Kerstin und Manuel sensible Menschen sind, schätze ich sehr. Normalerweise.

«Es schmeckt mir wirklich ausgezeichnet», bekräftigte ich im Brustton der Überzeugung, schob einen doppelt gehäuften Löffel Würzwurst und Muscheln in den Mund und schluckte mit genießerischem Gesichtsausdruck. Wegen der Muschelschalen, die ich nicht auszuspucken wagte, fiel mir das schwerer als gedacht.

«Es schmeckt dir nicht wirklich», sagte Kerstin anklagend, als ich wieder Luft bekam.

Ich verfluchte innerlich alles, was ich jemals

über Suppen und Eintöpfe erzählt hatte, und wiederholte gebetsmühlenartig, es schmecke mir grandios, dieses Essen sei eine Delikatesse, einfach wundervoll.

«Es ist ein Eintopf», Manuels Stimme war nur noch ein heiseres Flüstern. «Du hasst Eintöpfe und Suppen, hast du vorhin gesagt …»

Ich warf schnell ein, dass ich auch gesagt hätte, dass Kerstins Suppe eine absolute Ausnahme sei; auch dieses Nationalgericht sei kilometerweit von allem entfernt, was ich unter Eintöpfen verstünde, und überhaupt nicht zu vergleichen mit dem Zeug, das man mir in meiner Kindheit vorgesetzt habe. «Wenn ich damals nur ein einziges Mal etwas derart Köstliches bekommen hätte», rief ich, «dann wären heute Suppen und Eintöpfe meine Leibspeise, hundertprozentig, ohne Zweifel, so wahr mir Gott helfe!»

Manuel schüttelte grimmig den Kopf.

«Warum sagst du nicht die Wahrheit?», fragte Kerstin leise. «Warum quälst du dich so?»

Ich bat meine Liebste zu bestätigen, dass ich kein Lügner sei, was sie ohne Zögern tat.

Vor allem aber, rief Kerstin mit zitternder Stimme, sei ich ein höflicher Mensch. Nur dürfe Höflichkeit so weit nun auch wieder nicht gehen, gerade unter Freunden.

Manuel griff nach meinem halb vollen Teller, um ihn abzuräumen.

Ich hielt den Tellerrand mühsam fest.

«Bitte, lass mich aufessen», sagte ich mit einer Grimasse, die ein Lächeln sein sollte, «ich habe noch nie etwas so Gutes gegessen!»

Ich leerte meinen Teller unter den verächtlichen Blicken der beiden Gastgeber und fragte verzweifelt, ob ich noch einen Nachschlag haben könne.

Verächtlich klatschte Manuel eine weitere Kelle des Nationalgerichts auf meinen Teller. Die brummenden Wohllaute, die ich beim Kauen ausstieß, waren die einzigen Geräusche, die das eisige Schweigen durchbrachen.

«Hört mal», sagte ich, als ich fertig war, «ihr müsst uns unbedingt das Rezept mitgeben, wir werden es zu Hause nachkochen, morgen, übermorgen, überübermorgen, es schmeckt paradiesisch. Ich möchte niemals wieder etwas anderes essen!»

Das war zu viel. Ich hatte den Bogen überspannt. Kerstin sprang auf und verließ mit feuchten Augen das Zimmer. Manuel holte schweigend unsere Mäntel.

Meine Liebste zischte mir zu: «Sie glauben dir nicht!»

Es gab eine letzte Chance, zwei gute Freunde zu behalten.

In der Wohnungstür drehte ich mich ruckartig um, stieß Manuel zur Seite, stürzte in die Küche, schloss hinter mir ab und begann, den restlichen Inhalt des Topfes hastig in mich hineinzuschaufeln.

Die anderen brachen die Küchentür auf, als sie hörten, dass mir übel wurde.

Kerstin umarmte mich. Endlich, rief sie, endlich sei ich ehrlich. Und sie schwor, dass sie ein solches Essen nicht mehr kochen würde, nicht in meiner Gegenwart und sicherheitshalber überhaupt nicht mehr.

Manuel führte mich behutsam ins Badezimmer.

«Danke», flüsterte er mir zu. «Ich hasse dieses portugiesische Nationalgericht!»

# Sakkoservice spezial

***Das*** mit Ulf hätte mich warnen müssen. Ulf trat im Büro mit aufgerissenen Augen auf mich zu und stammelte etwas von seinem Sakko, das in einer Reinigung verschwunden sei, weswegen er nicht zu dieser Ausstellungseröffnung gehen könne. Aber ich hörte nicht weiter auf ihn; Ulf ist ein Chaot.

Ein paar Tage später, ich trug mein schickes helles Sakko und wollte abends ins Theater, packte mich auf dem Weg ins Büro ein nach Alkohol riechender Fremder an der Schulter und heulte hemmungslos. Später merkte ich, dass er Nasenbluten gehabt hatte. Hastig kaufte ich in der Mittagspause einen dunklen Rollkragenpullover und gab mein helles Sakko in einer Reinigung ab, die gleich um die Ecke des Büros lag.

Als ich nach einer Woche wiederkam, um mein Sakko abzuholen, warf der Mann hinter der Theke einen Blick auf meinen Abholschein, erhob sich träge, spazierte nach hinten in den Laden und kehrte gleich darauf wieder zurück. «Das Sakko ist nicht da», beschied er. «Nächste Woche.»

Auch in der nächsten Woche war das Sakko nicht aufzufinden. In der darauf folgenden Woche machte der Mann sich gar nicht erst die Mühe nachzusehen. Er schüttelte nur noch gleichgültig den Kopf und wandte sich ab.

Ich blieb stehen und beugte mich über die Theke zu ihm hinunter. «Wo kann mein Sakko sein, wenn es nicht hier ist?», fragte ich scharf. Der Mann zuckte langsam die Schultern und murmelte etwas von einer «Zentrale», in die er das Sakko geschickt habe und aus der es bislang nicht zurückgekehrt sei.

«Ich will, dass Sie dort anrufen», sagte ich. «Ich will mein Sakko zurückhaben, es hat viel Geld gekostet. Mein Geld. Verstehen Sie?»

Widerwillig versprach der Mann, sich um die Angelegenheit zu kümmern. Nach drei weiteren Besuchen meinerseits, bei denen mein Tonfall zunehmend schroffer wurde, gähnte er und murmelte etwas von einer Versicherung. Bei meinem nächsten Erscheinen zog er die

Schublade unter der Theke auf, fischte zwei doppelseitige Formulare heraus, ließ sie mich ausfüllen und warf sie wieder in die Schublade zurück.

«Das kann dauern», sagte er genüsslich. «Ich rufe Sie an.»

Einen Monat später rief ich ihn an. «Ich sagte doch, es kann dauern!», knurrte er. «Wie lange noch?», wollte ich wissen. Er legte auf.

Am selben Tag lief mir Ulf über den Weg. Ich fragte ihn nach seinem verschollenen Sakko und der betreffenden Reinigung. Die Reinigung sei die gleich um die Ecke, sagte Ulf, und er habe einen Onkel, dem sei in genau dieser Reinigung mit einem Trachtenjanker und einem Mantel das Gleiche passiert. Der Onkel habe so lange vergeblich auf Regress gewartet, bis er gestorben sei.

Ich eilte zur Reinigung.

Hinter der Theke saß eine Frau, die mir sagte, der Chef sei bei einem geschäftlichen Termin. Ich erledigte ein paar Einkäufe.

Als ich die Reinigung wieder betrat, war die Frau weg, und ich sah gerade noch, wie der Mann sich in den hinteren Teil des Ladens zurückzog. Er überhörte mein Rufen, auch das Rufen einer Kundin, die den Laden kurz nach mir betrat, um eine verschwundene Jacke zu reklamieren.

Ich bin niemand, der in einer solchen Lage ein paar möglichst teure Kleider von der Stange rafft und den Ort auf Nimmerwiedersehen verlässt. Ich bin ein ehrlicher Mensch, der auf seinem Recht besteht.

Also bezog ich Posten im Straßencafé gegenüber. In unregelmäßigen Abständen unternahm ich stichprobenartige Visiten in der Reinigung und stellte den Besitzer schließlich, als er gerade versuchte, die Tür von innen abzuschließen.

«Was wollen Sie?», fragte er mich höhnisch. «Wollen Sie die Polizei rufen? Wollen Sie mich anzeigen – wegen Unterschlagung eines Sakkos? Na los, worauf warten Sie? Holen Sie doch die Polizei! Die wird sich freuen!»

Ich ging ins Büro zurück und versuchte mich zu beruhigen, vor Augen immer das hämische Grinsen dieses Kerls, der schon unzählige Menschen um ihre Kleidung gebracht hatte.

Am folgenden Tag verfasste ich einen Brief, in dem ich ihm androhte, die Angelegenheit binnen sieben Tagen meinem Anwalt zu übergeben.

Nach vierzehn Tagen hatte ich noch immer keine Antwort, dafür entdeckte ich im Schaufenster der Reinigung eine neue Werbetafel, die einen «äußerst preisgünstigen Sakkoservice» anpries.

Ich blieb vor der Tür stehen und klärte drei oder vier gutgläubige Fast-Kunden über die wahren Hintergründe dieses *Sakkoservice* auf. Dann riss der Gauner die Tür seiner Reinigung auf.

«Was wollen Sie denn schon wieder?», rief er. «Verschwinden Sie! Sie vergraulen mir meine Kunden!»

Ich bin ein geduldiger Mensch, aber jede Geduld endet, und manche Leute verstehen ohnehin nur eine Sprache. Mit hängenden Armen trat ich auf ihn zu.

Wieder stieß er sein höhnisches Lachen aus.

«Was wollen Sie?», rief er. «Wollen Sie mir drohen? Mich schlagen wegen Ihres lumpigen Sakkos? Wissen Sie, was? Ich lache! Ja, ich lache über Sie!»

Er lachte tatsächlich.

Glücklicherweise bleibe ich auch in Krisensituationen ein kultivierter Mensch.

Nach einem längeren Spaziergang rief ich in der Reinigung an. Die Helferin nahm den Hörer ab und rief prophylaktisch, der Chef sei nicht da.

Ich gab mich zu erkennen und drohte damit, einer großen Zeitung alles haarklein zu erzählen, Name und Adresse der Reinigung inklusive. Das sei eine gute Idee, stimmte die Frau zu, es gebe bei ihm jede Menge Kunden mit Sakkoproblemen, und es vereinfache die Sache ungemein, wenn diese gleich aus der Zeitung Bescheid wüssten.

Ich ging zum selben Anwalt, den Ulf konsultiert hatte.

Der setzte mir auseinander, dass ich nur eine Möglichkeit hätte, an Schadensersatz zu kommen: zu klagen. Doch der Rechtsweg sei lang und teuer, und ob sich der Aufwand wirklich lohne, wegen eines einzigen Sakkos, das solle ich mir gut überlegen. Aber – warum ich ihn eigentlich so anstarre?

«Das Sakko», sagte ich. «Woher haben Sie dieses Sakko?»

«Wieso?», stotterte der Anwalt.

«Ausziehen!», sagte ich. «Sofort ausziehen!»

Als wir zusammen bei ihm auftauchten, wusste der Reinigungsbesitzer, dass er verloren hatte. Ich müsse verstehen, rief er, eine Reinigung werfe erbärmlich wenig ab, und Secondhand-Markenkleidung lasse sich bei eBay unheimlich gut verkaufen. Aber er würde alles wieder gutmachen, garantiert. Nur bitte, bitte keine Polizei!

Ich bin kein Unmensch. Und dass meine schönen neuen Sakkos alle gebraucht sind, fällt niemandem auf.

# Ist der Herd wirklich aus?

***Eines*** späten Abends, wir lagen schon im Bett, klingelte es. Vor der Tür stand unser Nachbar Herr Pöppelmann, ein Professor um die fünfzig. Er trug Bademantel und Schlafanzug.

«Entschuldigen Sie die Störung», sagte er. «Ich glaube, da ist jemand in meiner Wohnung. Könnten Sie mal eben gucken kommen?»

Es war nur eine Treppe tiefer. Zwei Pfeffersprays im Anschlag, durchkämmten wir alle Zimmer nach Art eines Spezialeinsatzkommandos, aber wir fanden niemanden. Wir fanden auch keine Anzeichen eines Einbruchs, überhaupt fanden wir nichts, was auf einen Eindringling hätte hindeuten können.

«Seltsam», sagte Herr Pöppelmann, «ich hätte schwören können, da sei jemand gewesen. In der Küche.»

Wir unterzogen die Küche einer zweiten, sehr gründlichen Untersuchung. Da war immer noch niemand.

«Entschuldigen Sie», sagte Herr Pöppelmann, «ich war mir sicher, ich hätte etwas gehört, und war beunruhigt. Nach all dem, was man so in der Zeitung liest. Zurzeit geht beispielsweise ein Wahnsinniger um, der in Wohnungen einsteigt, dort nur die Herdplatten anstellt und dann wieder verschwindet. Stellen Sie sich das vor!»

Herr Pöppelmann schüttelte sich. Wir sahen zum Herd hin. Alle Platten waren aus.

«Der Herd ist aus», sagte meine Liebste.

«Definitiv?», fragte Herr Pöppelmann.

«Definitiv», sagte sie. «Alle Platten. Sehen Sie selbst!»

Plötzlich schien Herr Pöppelmann sehr erleichtert. Er entschuldigte sich noch einige Male und begleitete uns zur Wohnungstür.

Am nächsten Abend, wir waren eben eingeschlafen, klingelte es wieder.

«Sie werden lachen», sagte Herr Pöppelmann und zog den Gürtel seines Bademantels enger, «aber mir ist etwas sehr Dummes passiert. Mein Wasserhahn in der Küche. Ich kriege ihn nicht mehr zu. Und Sie sind doch groß und kräftig!»

Ich warf mir ebenfalls einen Bademantel über

und folgte Herrn Pöppelmann in seine Küche. Der laufende Wasserhahn ließ sich mühelos zudrehen. Herr Pöppelmann schwor, gerade eben sei das selbst mit Hilfe einer Zange noch unmöglich gewesen. Dann sagte er, es sei schon seltsam, aber etwas Ähnliches sei ihm schon einmal passiert, an seinem Herd habe sich irgendwann ein Schalter verklemmt. «Ach», sagte er schnell, «wenn Sie gerade mal hinsehen könnten: Sind eigentlich alle Platten aus?»

Ich sah hin. «Alle Platten sind aus», bestätigte ich. «Ist mit Ihren Augen alles in Ordnung?»

«Vollkommen», sagte Herr Pöppelmann. Ich machte eine schnelle Bewegung mit der Hand auf sein Gesicht zu, und er schreckte zurück. «Lassen Sie das doch», sagte er, «sehen Sie lieber noch einmal zum Herd. Sind Sie sicher? Alle Schalter stehen auf null? Alle Lampen sind aus?»

«Alles in Ordnung», bestätigte ich. «Gute Nacht!»

«Sie sind absolut sicher?», rief Herr Pöppelmann hinter mir her.

«Absolut!», sagte ich, schon auf dem Weg zur Tür.

«Danke!», rief Herr Pöppelmann. «Herzlichen Dank.»

Am nächsten Morgen begegnete ich im Treppenhaus Frau Schmidtke. Frau Schmidtke ist schwatzhaft, ich hatte keine Mühe, die Sprache auf Herrn Pöppelmann zu bringen. «Irgendwie tut er mir Leid», sagte sie. «Aber wenn er nachts klingelt, mache ich ihm trotzdem nicht mehr auf.»

«Er klingelt nachts bei Ihnen?», fragte ich.

«Nachts, bevor er ins Bett geht, oder morgens, bevor er das Haus verlässt», sagte sie. «Er will wissen, ob sein Herd aus ist. Hat er bei Ihnen etwa noch nicht geklingelt?»

«Doch, natürlich», sagte ich.

Wieder und wieder sei Herr Pöppelmann an ihre Tür gekommen, klagte sie, anfangs nur einmal am Tag, aber dann habe er angefangen, nach einer Stunde wiederzukommen, und zum Schluss sei er morgens und abends drei- bis viermal erschienen.

«Ich habe nichts gegen ihn», flüsterte sie und sah sich um, «er ist ein netter Nachbar und ein bekannter Professor, und dass seine Frau ihm weggelaufen ist, hat sicher nur mit seinem

Herd-Tick zu tun. Aber ich brauche meinen Schlaf!»

Frau Schmidtke neigt zum Übertreiben, wie alle schwatzhaften Menschen. «Trotzdem», sagte meine Liebste, als wir im Bett lagen und einzuschlafen versuchten, «wir müssen uns etwas einfallen lassen. Gleich wird er wieder klingeln. Ich bin mir sicher!»

Ich stand auf und versuchte herauszufinden, ob sich unsere Türglocke abstellen ließ. Es ging nicht. Meine Liebste schlug gerade vor, das Kabel durchzuschneiden, wir bekämen ohnehin kaum Besuch, da klingelte es. Wir fuhren zusammen.

«Mach nicht auf», zischte sie.

Es klingelte wieder, diesmal länger. Dann klopfte es. Ziemlich energisch.

Das klang nicht unbedingt nach Herrn Pöppelmann. Vielleicht war irgendwo im Haus ein Brand ausgebrochen, weil jemand seinen Herd angelassen hatte, und vor der Tür stand die Feuerwehr, um uns zu retten.

«Wenn *er* es ist», flüsterte meine Liebste, «gib ihm die Nummern von Polizei und Handwerkernotdienst. Geh auf keinen Fall mit in seine

Küche! Das ist ein erwachsener Mann. Er muss selber wissen, ob sein Herd aus ist.»

Jetzt schlug jemand mit der flachen Hand rhythmisch gegen die Tür. Es musste sich um einen Notfall handeln. Ich öffnete hastig.

Es war Herr Pöppelmann. In der Hand hielt er eine Flasche.

Er wolle sich bei uns entschuldigen, sagte er, verlegen lächelnd, er habe uns nun zweimal spätabends umsonst aus dem Bett gescheucht, für nichts und wieder nichts, und das tue ihm sehr Leid. Er habe hier einen hervorragenden Bordeaux, und wir würden ihm wirklich eine große Freude machen, wenn wir noch schnell auf ein Glas zu ihm herunterkommen wollten.

Wir warfen uns etwas über und folgten ihm in seine Küche. Der Bordeaux schmeckte nicht schlecht, er hatte etwas von Vanille und gebrannten Mandeln.

«Apropos gebrannt», sagte Herr Pöppelmann, «was würden Sie sagen: Ist der Herd eigentlich aus?»

Meine Liebste und ich wechselten einen bedeutungsvollen Blick.

«Ja, der Herd ist aus», sagten wir im Chor.

Herr Pöppelmann fragte zweimal nach, ob wir auch wirklich sicher seien.

«Ist alles in Ordnung, Herr Pöppelmann?», fragte meine Liebste.

Er sah uns mit großen Augen an. «Was meinen Sie?», fragte er. «Natürlich ist alles in Ordnung.»

«In Bezug auf Ihren Herd, meine ich», sagte meine Liebste. «Sie haben uns nun schon den dritten Abend gefragt, ob Ihr Herd aus ist.»

«Und?», rief Herr Pöppelmann dankbar. «Und? Ist er aus? Jetzt zum Beispiel?»

«Warum ist das so wichtig für Sie?», fragte meine Liebste sanft-therapeutisch.

Herr Pöppelmann wich ihrem Blick aus und schenkte mit zitternder Hand Wein nach. «Wissen Sie», fragte er dann, «was alles passieren kann, wenn der Herd an ist, man arglos das Haus verlässt und eine leere Herdplatte vor sich hin glüht, so lange, bis sie zum Feuerball wird? Oder wenn man ebenso arglos schläft, und ein leerer Topf glüht auf einer Herdplatte vor sich hin, so lange, bis er mit der Platte zum infernalischen Feuerball verschmilzt? Wissen Sie, wie viele Häuser jedes Jahr abbrennen, nur wegen einer kleinen Unachtsamkeit, weil man nämlich vergessen hat zu gucken, ob der Herd aus ist? Und da fragen Sie mich allen Ernstes, warum das für mich so wichtig ist?»

Wir verabschiedeten uns schnell.

«Bitte sagen Sie mir zum Schluss noch eines», begann Herr Pöppelmann in der Tür, «ist …» – «Ja, der Herd ist aus!», riefen wir im Chor. Bevor wir einschliefen, schworen wir uns, vor dem nächsten Abend das Klingelkabel zu kappen.

Am nächsten Morgen, wir waren gerade beim Zähneputzen, läutete es.

Diesmal trug Herr Pöppelmann Hemd, Fliege und Anzug.

«Ich könnte jetzt behaupten, Sie hätten gestern bei mir einen Pullover liegen lassen, den ich jetzt dummerweise vergessen hätte», sagte er zu mir, «sodass Sie doch noch schnell mit in meine Küche kommen müssten, wo ich Sie fragen würde, ob mein Herd wirklich aus ist. Aber ich will Ihnen nichts vormachen, und ich habe auch wenig Zeit, denn bald beginnt meine Vorlesung. Also bitte ich Sie: Wären Sie so freundlich nachzusehen, ob der verfluchte Herd aus ist?»

Während wir nach unten gingen, fragte ich Herrn Pöppelmann sehr vorsichtig, ob er nicht alleine überprüfen könne, ob sein Herd aus sei.

«Was meinen Sie, was ich die ganze Zeit tue?», fragte er. «Was meinen Sie, warum ich jeden Morgen eine halbe Stunde früher aufstehe und warum ich abends erst so spät einschlafe? Ich gucke nicht ein Mal, ich gucke fünf, sechs, zehn Mal. Aber was, wenn ich mich irre? Was, wenn ich durch das dauernde Kontrollieren schon so abgestumpft bin, dass ich gar nicht mehr in der Lage wäre zu erkennen, dass der Herd an ist, falls er doch einmal an sein sollte – weil ich ihn, ganz in Gedanken, in einem winzigen Moment geistiger Abwesenheit, einfach eingeschaltet habe? Ich ernähre mich zwar ausschließlich kalt, des Herdes wegen, aber kann ich eine sinnlose Handlung, einen Rückfall in alte Gewohnheiten, hundertprozentig ausschließen? Mit letzter, endgültiger Sicherheit? Nein, das kann ich nicht, wer kann das schon! Entschuldigen Sie, ich muss los, meine Studenten!»

Vom Büro aus rief ich bei einem großen Küchengerätehersteller an, um zu fragen, was schlimmstenfalls passieren könne, wenn man vergesse, die Herdplatte auszuschalten. Eine freundliche Dame sagte, das hänge ganz von der Platteneinstellung und dem Zeitfaktor ab, aber irgendwann werde der glühende Topf mit der glühenden Platte oder auch nur die glühende Platte alleine zum Feuerball. Ich könne mir sicherlich vorstellen, wie viele Herde und Häuser jedes Jahr so einer kleinen Unachtsamkeit zum Opfer fielen, man könne nicht vorsichtig genug sein.

«Gibt es Firmen», fragte ich, «die man beauftragen kann und die einem das Nachgucken abnehmen?»

Nein, sagte die freundliche Dame, die gebe es nicht, heutzutage wolle niemand mehr Verantwortung übernehmen, denn gerade bei Herden seien die Risiken immens. Beispielsweise sei es durchaus vorstellbar, selbstverständlich nur bei Geräten anderer Marken, dass ein Schalter am Kochfeld so ausgeleiert sei, dass sich der Herd schon bei leichten Erschütterungen, etwa durch zu schwere Schritte, quasi von selbst einschalte. Wen, fragte die Dame, wolle man in so einem Fall haftbar machen?

Am frühen Abend beriefen wir in unserer Wohnung eine improvisierte Versammlung aller Hausbewohner ein, ausgenommen Herrn Pöppelmann. Es stellte sich heraus, dass der Professor schon überall geklingelt hatte, bei manchen vielfach. Den gefühlten Rekord hielt der schmächtige Ladenbesitzer, der ganz unten wohnte; Herr Pöppelmann hatte ihn erst gestern Nacht um halb drei wieder aus der Wohnung gehämmert und wortlos in seine Küche geschleift.

Ich hielt eine Rede, in der von Verantwortung gegenüber einem Mitmenschen die Rede war, aber auch davon, dass jeder ein Recht auf Nachtruhe habe und dass man einen gangbaren Weg finden müsse. Dann stellte meine Liebste unsere Lösung vor, die eine unter allen Hausbewohnern rotierende Rufbereitschaft betreffs Herrn Pöppelmanns Herd vorsah. Der Vorschlag wurde erleichtert angenommen. Wir verfassten einen Dienstplan für die nächsten zwei Wochen und schickten ein Komitee zu Herrn Pöppelmann. Seine Dankesrufe hallten durch das ganze Treppenhaus.

Später, als wir im Bett lagen, fuhr ich hoch.

Nicht wegen Herrn Pöppelmann; Frau Schmidtke hatte die erste Schicht übernommen.

Mir war nur so, als sei da etwas. Irgendwo in unserer Wohnung.

Als ich es nicht mehr aushielt, stand ich auf, um nachzusehen.

Der Herd war aus.

# Und ewig grüßt der Teamleiter

**Im** April zogen wir aus unserer alten Wohnung aus. Den Dauerauftrag für Wasser und Fernwärme hatte ich termingerecht bei den Stadtwerken widerrufen.

Im Mai entdeckte ich auf meinem Kontoauszug eine Abbuchung von 132 Euro für die alte Wohnung.

Ich ließ mir bei der Auskunft die Telefonnummer der Stadtwerke geben.

Eine unerwartet freundliche Frau wünschte einen schönen Tag und fragte, ob sie helfen könne.

«Verbinden Sie mich bitte mit dem zuständigen Sachbearbeiter», sagte ich und buchstabierte meinen Nachnamen.

«Ich kann Sie leider nicht verbinden», sagte sie. «Aber Sie sprechen mit der Service-Hotline der Stadtwerke. Kann ich etwas für Sie tun?»

Ich erzählte von dem Minusbetrag, der fälschlicherweise abgebucht worden sei.

«Die Summe ist korrekt», bestätigte sie. «Fernwärme und Wasser. Für Ihre Wohnung in der Viktor-Scheffel-Straße 2.»

«Aber ich habe die Einzugsermächtigung längst widerrufen», sagte ich. «Wir wohnen da nicht mehr!»

«Oh», sagte sie. «Dazu liegt mir nichts vor.»

Ich las das Bestätigungsschreiben der Stadtwerke vor, das ich erhalten hatte.

«Das tut mit Leid», sagte sie. «Möglicherweise ist etwas dazwischengekommen, das die Bearbeitung verzögert hat. Vielleicht ein Systemabsturz. Ich mache einen Vermerk, damit man sich darum kümmert. Sie bekommen Ihr Geld selbstverständlich zurück.»

Im Juni zogen mir die Stadtwerke wieder 132 Euro für die alte Wohnung ab.

Diesmal wünschte mir ein freundlicher Mann einen schönen Tag. Ich erklärte ihm die Sachlage, und er sah im Computer nach.

«Leider», sagte er, «mir liegt nichts vor.»

«Ich hatte letzten Monat ein ähnliches Gespräch mit einer Kollegin von Ihnen», sagte ich. «Die hat einen Vermerk gemacht, damit man sich schnell um die Sache kümmert.»

«Ich finde keinen Vermerk», sagte er.

«Was soll das heißen?», fragte ich. «Hat Ihre Kollegin nichts eingetragen?»

«Ich kann selbstverständlich gerne einen Vermerk machen, damit sich jemand um Ihr Anliegen kümmert», sagte er.

«Noch einfacher wäre es, Sie würden mir mein Geld zurücküberweisen», sagte ich.

Er lachte geschult.

«Bedaure, das kann ich nicht», sagte er. «Das kann nur jemand vom Service-Team. Sie sprechen aber mit dem Hotline-Team.»

«Dann verbinden Sie mich bitte mit dem Service-Team», sagte ich.

«Das ist nicht möglich», sagte er. «Wir sind alleiniger Ansprechpartner für die Privatkunden der Stadtwerke. Und wir verständigen das Service-Team, falls das erforderlich ist.»

«In meinem Fall ist es offensichtlich erforderlich», sagte ich. «Und Sie könnten sich Arbeit sparen, wenn Sie mich einfach verbinden.»

Er lachte wieder. Es klang nicht echter als beim ersten Mal.

«Ich bedaure, aber das ist nicht vorgesehen», sagte er.

«Aber es wäre viel einfacher, wenn ich direkt mit jemandem sprechen würde, der das Problem lösen kann», insistierte ich.

«Es tut mir Leid, aber wie ich schon erklärt habe: Das geht nicht», sagte er.

«Warum genau geht es nicht?», fragte ich.

«Einen Moment bitte», sagte er und verband mich mit einer Warteschleife.

Als ich «Guantanamera» zum zwanzigsten Mal gehört hatte und eben auflegen wollte, meldete sich eine freundliche Frau und fragte, wie sie helfen könne. Ich erzählte es.

«Ich kann Sie nicht mit dem Service-Team verbinden», sagte sie, «das ist aus technischen Gründen überhaupt nicht möglich. Aber ich mache einen Vermerk, damit Sie umgehend jemand zurückruft.» Sie notierte meine Telefonnummer.

«Warum können Sie mich denn nicht verbinden?», fragte ich freundlich und wie nebenbei. «Hat das Service-Team womöglich kein Telefon?»

«Leider nein», sagte sie.

«Tatsächlich?», fragte ich. «Meinen Sie das ernst?»

«Natürlich», sagte sie.

«Wie will mich denn jemand zurückrufen, der kein Telefon hat?», fragte ich.

«Man wird Sie zurückrufen», sagte sie. «Machen Sie sich keine Sorgen.»

Niemand rief mich zurück. Nachdem mir die Stadtwerke im Juli wieder 132 Euro abgezogen hatten, rief ich die Auskunft an, um herauszufinden, ob es noch eine andere Nummer als die der Hotline gab. Es gab keine. Auch im Internet nicht.

Als ich wieder anrief, benötigte ich schon deutlich weniger Zeit, um meine Geschichte zu erzählen.

«Oh», sagte ein freundlicher Mann. «Es hat Sie niemand zurückgerufen? Wer hatte Ihnen den Rückruf versprochen?»

«Eine Dame», sagte ich. «Ich erinnere mich nicht an den Namen».

«Ich verstehe», antwortete er. «Waren Sie vielleicht im Laufe der letzten Woche viel unterwegs?»

«Möglicherweise», sagte ich, «ich arbeite ...»

«Tja», seufzte er bedauernd.

«Aber ich habe einen zuverlässigen Anrufbeantworter», fuhr ich fort, «und auch der hat keinen Anruf verzeichnet.»

«Ich werde Bescheid geben, damit man es noch einmal versucht», sagte er.

«Es ist wirklich wichtig», sagte ich.

«Ich notiere das gern dazu», sagte er. «Man wird Sie innerhalb der nächsten 24 Stunden anrufen. Ich verspreche es Ihnen.»

«Sehr freundlich», sagte ich. «Wie war noch Ihr Name?»

«Wieso?», fragte der Mann.

«Ach», sagte ich, «nur falls ich noch eine Frage habe.»

«Dazu brauchen Sie meinen Namen nicht», sagte er. «Bei uns können Sie Ihre Fragen jedem stellen. Es gibt keine Wartezeiten, und niemand wird bevorzugt.»

«Das ist schön», sagte ich, heftig überlegend. «Aber wenn sich die ganze Angelegenheit von selbst erledigen sollte, vielleicht weil ich mich doch geirrt habe, würde ich Ihnen gerne Bescheid geben. Nicht dass Sie sich unnötige Arbeit machen.»

«Sicher», sagte er. «Mein Name ist Meier.»

«Ein sehr häufiger Name», sagte ich.

«Kann ich sonst noch etwas für Sie tun?», fragte er. «Darf ich Ihnen einige Informationen über unseren neuen Fernwärme-Nachttarif zusenden? Nein? Oh, einen Moment, ich muss kurz auf die andere Leitung …»

Er verband mich mit «Guantanamera».

Ich verbrachte die folgenden 24 Stunden in Reichweite des Telefons, vergeblich.

Als ich wieder anrief, fragte ich eine freundliche Frau nach Herrn Meier.

«Ich kenne niemanden, der so heißt», sagte sie erwartungsgemäß, «kann ich Ihnen vielleicht helfen?»

Ich erzählte.

Sie sah im Computer nach.

«Ich lese hier, dass bereits jemand vom Service-Team mit Ihnen gesprochen hat», sagte sie.

«Das ist nicht wahr», sagte ich. «Würde ich sonst wieder anrufen?»

«Sie möchten also noch ein weiteres Mal mit dem Service-Team sprechen?», fragte sie.

«Nein», sagte ich kurz entschlossen. «Ich möchte Ihren Chef sprechen.»

«Sie meinen unseren Teamleiter», sagte sie. «Aber ich kann Ihnen genauso gut weiter …»

«Meinetwegen den Teamleiter», sagte ich. «Ich will ihn sprechen. Jetzt sofort!»

Sie verband mich mit einem freundlichen Mann, dem ich das Problem auseinander setzte.

«Oh, das hört sich nicht gut an», sagte er voll Bedauern. «Sie sagen, Sie haben mehrfach angerufen, und nichts ist passiert?»

«Ja!», sagte ich. «Unter anderem habe ich mit jemandem gesprochen, der sich Herr Meier nannte.»

«Einen Herrn Meier gibt es hier nicht», sagte der Teamleiter, und seine Computertastatur klackerte. «Aber unsere Leute sind sehr zuverlässig. Sie sind sicher, dass Sie mit jemandem von unserer Hotline gesprochen haben?»

«Mit wem denn sonst?», fragte ich.

«Ich weiß es nicht», sagte er. «Ich möchte Ihnen nicht zu nahe treten, aber es passiert vielen unserer Kunden, dass sie sich manchmal irren: Sind Sie sicher, dass Sie überhaupt mit jemandem gesprochen haben?»

«Ich bin mir sicher», sagte ich. «Ich bin mir sehr sicher. Vielleicht werfen Sie ja mal einen Blick in Ihren Computer, dort müssten meine Anrufe vermerkt sein.»

«Da ist leider nichts vermerkt», seufzte er.

«Wie bitte?», fragte ich. «Ich rufe jetzt zum vierten Mal bei Ihnen an, weil mir die Stadtwerke unrechtmäßig Geld abbuchen, und Sie sagen allen Ernstes, davon ist in Ihrem Computer nichts vermerkt?»

«Sagten Sie nicht, Sie riefen zum zweiten Mal an?», erkundigte er sich zuvorkommend.

«Nein, zweimal wollte man mich zurückrufen, nur man hat es eben nicht getan», korrigierte ich. «Aber es kann trotzdem nicht sein, dass Sie keinen Eintrag im Computer haben. Was ist denn beispielsweise mit dem Hinweis, den Ihre Kollegin vorhin gefunden haben will: dass mich angeblich jemand vom Service-Team zurückgerufen hat?»

«Ach, es hat Sie jemand zurückgerufen?», fragte er. «Dann ist die Sache also geklärt?»

«Nein», rief ich, «nichts ist geklärt. Würde ich Sie sonst anrufen und meine Zeit mit Diskussionen verschwenden? Ich bin doch nicht verrückt!»

Er schwieg erbarmungslos.

«Können Sie wenigstens feststellen, wer meine Datei bei Ihnen in den letzten Wochen und Monaten aufgerufen hat?», fragte ich schnell.

«Ich bedaure, das ist nicht möglich», sagte er. «Wie kann ich Ihnen denn nun weiterhelfen?»

«Ich möchte, dass die Stadtwerke aufhören, von meinem Konto Geld einzuziehen», sagte ich. «Und ich möchte mein Geld zurück.»

«In Ordnung», sagte er. «Ich kläre die Angelegenheit persönlich und rufe Sie in Kürze zurück. Dürfte ich Sie um eines bitten: Würden Sie das, was Sie mir erzählt haben, noch einmal schriftlich zusammenfassen und mir als Fax schicken?» Er nannte mir eine Nummer.

«Als Fax?», fragte ich. «Ich habe Ihnen doch alles erzählt!»

«Es tut mir Leid», sagte er, «ich kann Ihre Angelegenheit nur bearbeiten, wenn sie mir schriftlich vorliegt.»

«Haben Sie sich denn keine Notizen gemacht?», fragte ich.

Er stieß ein mildes Seufzen aus.

«Seien Sie bitte unbesorgt», sagte er, «es wird sich alles aufklären, sobald mir das Fax vorliegt. Sie haben mein Wort. Mein persönliches Wort.»

Ich fragte noch nach seinem Namen, aber er hatte schon aufgelegt.

Ich schickte ein ausführliches Fax, und als nach einer Woche niemand angerufen hatte, rief ich an und verlangte den Chef.

«Sie meinen den Teamleiter», sagte eine freundliche Frau. «Um was geht es?»

Nachdem ich alles erzählt hatte, wurde ich verbunden, erzählte wieder alles und wurde wieder verbunden. Mit einer Frau.

«Nein, ich möchte den Chef, den, mit dem ich neulich gesprochen habe», beharrte ich.

«Sie meinen den Teamleiter. Wie hieß der Herr?», fragte sie.

Ich musste zugeben, dass ich den Namen nicht wusste. «Aber so viele Teamleiter kann es doch bei Ihnen nicht geben», fügte ich schnell hinzu.

«Es gibt jede Menge. Heute bin ich die Teamleiterin», sagte die Frau. «Wie kann ich Ihnen helfen?»

Ich haspelte die Geschichte herunter.

«Es tut mir Leid», sagte sie. «Hier ist kein Fax von Ihnen eingetroffen.»

«Das kann nicht sein!», rief ich. «Der Teamchef

hat mir versprochen, sich persönlich um die Sache zu kümmern.»

«Teamleiter», sagte sie. «Aber ich finde hier nichts. Es tut mir Leid.»

«Und was machen wir nun?», fragte ich mit bebender Stimme. «Sie wollen mich jetzt nicht bitten, noch ein nutzloses Fax zu schicken oder noch ein paar Wochen auf einen Anruf zu warten, der nie kommt?»

«Ich kann Ihnen anbieten, mich persönlich um die Sache zu kümmern …», begann sie.

«Das hilft mir auch nicht», unterbrach ich sie. «Ich will, dass Sie mir jetzt sofort helfen. Dass Sie endlich diese Abbuchungen stoppen oder dass Sie mir augenblicklich die echte Telefonnummer der Stadtwerke geben.»

«Das geht nicht!», sagte sie. «Das wissen Sie genau, meine Kollegen haben Ihnen das schon oft genug gesagt.»

«Aha!», rief ich. «Sie geben es also zu? Sie wissen, dass ich schon x-mal angerufen habe?»

«Ich verstehe nicht, was Sie meinen», erwiderte sie.

«Gut», sagte ich. «Dann verbinden Sie mich mit Ihrem Chef.»

«Ich bin die Teamleiterin», sagte sie.

«Es muss jemanden geben, der Sie beaufsichtigt», sagte ich. «Einen, der wirklich entscheiden kann. Und wenn es der Bürgermeister persönlich ist: Entweder Sie verbinden mich jetzt, oder ich verspreche Ihnen: Ich werde alles tun, damit Sie Ihren Job verlieren.»

Sie verband mich mit «Guantanamera».

Mitten in meinem Fluchen nahm ein Mann ab, der sich als *Leiter Back-Office* vorstellte.

«Es tut mir ungeheuer Leid, dass Sie in einer solchen Lage sind», sagte er sehr verständnisvoll, nachdem ich alles erklärt hatte. «Aber die Stadtwerke haben tatsächlich keine Telefone mehr. Eine Maßnahme zu vermehrter Bürgerfreundlichkeit – die Mitarbeiter dort sollen arbeiten, nicht telefonieren.»

«Und Sie sind nicht von den Stadtwerken?», fragte ich.

«Nein», sagte er. «Wir beaufsichtigen die Mitarbeiter der Hotline.»

«Dann können Sie hoffentlich dafür sorgen, dass sich endlich jemand um mein Problem kümmert?», fragte ich.

Er schwieg.

«Das ist schwierig», sagte er dann. «Ich sitze in einem anderen Gebäude. Ich könnte auch nur meinerseits bei der Hotline anrufen, und ich fürchte, das hat keinen Sinn.»

«Wie bitte?», fragte ich.

«Was meinen Sie, welche Tricks sich renitente Kunden einfallen lassen, die bei einer Hotline etwas erreichen wollen», sagte er hastig. «Der *Chef*, die *Presse*, der *Hotline-Gütekontrolleur* – wir haben so was jeden Tag. Man würde mir nicht glauben, man würde mich von Abfrageplatz zu Abfrageplatz durchstellen. Immer ein anderer Mitarbeiter würde sich als Teamleiter ausgeben und mir Fangfragen stellen. Und wenn alle nicht mehr könnten vor Lachen, würden sie mich mit der Endloswarteschleife verbinden und mein Fluchen auf Lautsprecher stellen. Aber ganz unter uns: Warum sprechen Sie nicht mit Ihrer Bank? Warum lassen Sie den Einzug nicht einfach sperren?»

Ich rief bei meiner Bank an.

Eine unerwartet freundliche Frau wünschte einen schönen Tag und fragte, ob sie helfen könne.

«Verbinden Sie mich mit dem zuständigen

Sachbearbeiter», sagte ich und buchstabierte meinen Nachnamen.

«Ich kann Sie leider nicht verbinden», sagte sie. «Aber Sie sprechen mit der Service-Hotline des Hauses. Kann ich etwas für Sie tun?»

# Kalter Krieg

**Der** Sommer ging zu Ende. Es wurde kälter. Wir begannen, uns von Abend zu Abend misstrauischer zu belauern. Und schließlich war es so weit.

«Du hast nicht zufälligerweise die Heizung angedreht?», fragte meine Liebste ganz beiläufig. Sie lag im Bett und las, und ich wollte mich gerade zu ihr legen.

«Wieso?», fragte ich ebenso beiläufig zurück.

Sie sah mich prüfend an. «Weil du das immer machst.»

«Das stimmt nicht», protestierte ich. «Nur wenn es wirklich zu kalt wird.»

«Und?», fragte sie. «Ist es dir wirklich zu kalt?»

«Dir etwa nicht?», fragte ich zurück.

Sie seufzte. Das hieß: Wie oft soll ich dir noch sagen, dass unsere Decken so warm sind, dass man keine Heizung benötigt? Dass es vielmehr ungesund ist, bei warmer Heizungsluft zu schlafen, weil das die Schleimhäute in trockenes Pergament verwandelt und Krankheiten Tor und Tür öffnet? Wann wirst du das endlich lernen?

Ich seufzte zurück. Das hieß: Wie oft soll ich dir noch sagen, dass ich nicht schlafen kann wie du, nämlich eingepackt wie eine Mumie, weil ich seit meiner Kindheit Arme und Beine unter der Decke hervorstrecke? Und dass es ungesund ist, diese Arme und Beine einer Eiseskälte auszusetzen, weil man dann auskühlt wie eine Kröte in der Winterstarre? Wann wirst du das endlich verstehen?

Sie legte das Buch beiseite und sah zur Heizung hin, obwohl sie nicht erkennen konnte, ob sie aufgedreht war. Dass sie es nicht konnte, wusste ich genau, ich hatte es erst gestern Nachmittag bei einer heimlichen Liegeprobe überprüft.

«Du hast die Heizung aufgedreht», mutmaßte sie nach ein paar angestrengten Sekunden kühn.

«Unsinn», sagte ich und kuschelte mich an sie.

Sie holte tief Luft: «Du weißt doch, wie ungesund das ist. Willst du, dass wir krank werden?»

«Natürlich nicht», sagte ich. «Ich will eben nicht, dass wir krank werden!»

«Dann bitte dreh die Heizung herunter!» Ihre Stimme klang leicht genervt.

«Liebste, es ist alles in Ordnung», erwiderte ich. Das war ein dämlicher Satz aus dämlichen amerikanischen Serien, aber in dieser Situation passte er.

«Hast du die Heizung nun aufgedreht oder nicht?» Sie stützte sich auf und sah mich mit blitzenden Augen an.

«Nein», sagte ich. «Möchtest du nachschauen?»

Sie sah mich eine Zeit lang aufmerksam an, kam zu dem Ergebnis, dass ich vermutlich die Wahrheit gesagt hatte, und ließ sich zurücksinken.

Ich zählte lautlos bis hundert, dann schlug ich die Decke beiseite und stand auf.

«Wohin willst du?», fragte sie.

«Ins Bad», sagte ich, «mich aufwärmen.»

Sie stöhnte auf und schwieg.

Ich ging ums Bett herum auf die Tür zu. Ihr Blick folgte mir.

«Was ist los? Was hast du», fragte ich unschuldig lächelnd und blieb stehen, zufälligerweise genau mit dem Rücken zum Heizkörper.

«Komm ja nicht auf den Gedanken, die Heizung aufzudrehen», warnte sie, «lass deine Hände oben, sodass ich sie sehen kann!»

Milde lächelnd hob ich die Hände und ging ins Bad.

Als ich zurückkehrte, ich hatte noch ein wenig gelesen, damit sie die Gelegenheit gehabt hatte, einzudämmern, ging ich auf Zehenspitzen. Sie war nicht eingedämmert, im Gegenteil, sie lag mit weit geöffneten Augen da.

«Bist du nicht müde?», fragte ich, ging zum Schrank, öffnete ihn, betrachtete mein Lieblingshemd und schloss die Schranktür wieder, um Zeit zu gewinnen.

«Doch», sagte sie. «Und wie. Kommst du jetzt endlich ins Bett?»

«Natürlich», sagte ich und ging langsam auf das Bett zu. «Ach ja, hat Tina etwas Besonderes gesagt, als du heute mit ihr telefoniert hast?»

«Nein», erwiderte sie.

«Wollte sie nicht demnächst ihren Geburtstag nachfeiern?», fragte ich und blieb vor der Heizung stehen. «Das letzte Mal, in diesem alten Schwimmbad ohne Wasser, das war doch so ein schönes Fest. Das Essen war gut, vielleicht etwas knoblauchig …»

«Hörst du auf!» Meine Liebste ließ ihren Oberkörper nach oben schnellen, ihre Stimme klang erbost. «Nimmst du wohl die Hände von der Heizung!»

Ich hob resigniert die Arme. Sie sank kopfschüttelnd zurück. Ich ließ meine Arme wieder fallen und riss mit der rechten Hand den Stuhl mit den abgelegten Kleidern um.

Meine Liebste sog die Luft erschrocken durch die Zähne, vermutlich dachte sie an die schlafende Nachbarin unter uns, aber ich war vorbereitet und schaffte es, den Stuhl festzuhalten, kurz bevor er auf den Boden schlug.

Mit einer Hand.

Meine andere Hand griff gleichzeitig an den Thermostatknopf der Heizung.

«Dass du immer so tollpatschig bist!», tadelte meine Liebste, als ich neben ihr unter die Decke schlüpfte.

Ich fand das überhaupt nicht. Immerhin hatte ich den Trick mit dem Stuhl und der Heizung am frühen Abend, bevor sie heimkam, sehr gründlich geübt.

Meine Liebste wollte die Nachttischlampe ausschalten, warf mir noch einen liebevollen Blick zu und stutzte.

«Warum grinst du so?», fragte sie.

Ich zuckte die Schultern.

Sie sah mir forschend ins Gesicht. Dann runzelte sie ihre Stirn.

«Was hast du eigentlich gerade an der Heizung gemacht?», fragte sie.

«Nichts», sagte ich. Aber meine Liebste ist sehr intelligent.

«Das glaube ich nicht», sagte sie.

«Was soll ich denn gemacht haben?», fragte ich.

«Du hast sie aufgedreht. Du hast sie aufgedreht, während du mich mit dem Stuhl abgelenkt hast!»

«Bitte, mach das Licht aus und lass uns schlafen», sagte ich. Ich bemühte mich, meine Stimme furchtbar müde klingen zu lassen. Vielleicht eine Spur zu müde.

«Kannst du mir bitte antworten?», fragte sie streng.

«Es ist alles in Ordnung», murmelte ich.

Sie schwieg.

Nach ein paar Minuten begann sie unter ihrer Decke unbehaglich hin und her zu rücken. «Es wird warm», sagte sie. «Ich merke genau, dass es immer wärmer wird.»

«Es wird nicht warm», sagte ich.

Sie wälzte sich zur Seite, stützte sich auf den Ellenbogen und sah mich empört an.

«Du hast mich doch mit dem Stuhl abgelenkt», sagte sie. «Du hast mich abgelenkt und dabei heimlich die Heizung aufgedreht. Ich habe es genau gesehen.» Empört warf sie die Decke zurück. «Du willst, dass ich krank werde!»

Sie wollte sich aufsetzen, aber ich legte meinen Arm über sie und hielt sie fest. «Beruhige dich!», sagte ich. «Und lass uns jetzt endlich schlafen!»

Sie schnaubte erbost. «Ach ja, und morgen habe ich Grippe? Du natürlich nicht, aber ich!»

Sie wollte meinen Arm abschütteln.

«Hör doch auf, dich wegen nichts und wieder nichts aufzuregen!», sagte ich.

«Von wegen nichts und wieder nichts!», rief

sie. «Ich komme hier um vor Hitze! Ich drehe jetzt die Heizung runter. Lass mich aufstehen, lass mich sofort aufstehen!»

«Die Heizung ist nicht aufgedreht», schnaufte ich, während sie sich abmühte, meinen Arm wegzuschieben und sich seitlich aus dem Bett zu rollen. «Die Heizung ist aus!»

«Du lügst», rief sie strampelnd, «jetzt lügst du mich auch noch an! So weit ist es schon mit uns, nur weil du ein bisschen Kälte nicht vertragen kannst! Lass mich los, oder ich lasse mich scheiden!»

«Also jetzt hör mal», begann ich, aber sie hatte sich schon befreit, sprang aus dem Bett, fuhr sich durchs Haar, warf mir einen vernichtenden Blick zu und marschierte mit großen Schritten zur Heizung. Dort blieb sie stehen und starrte auf den Thermostatknopf.

Nach einiger Zeit stieß sie ein leises «Oh» aus.

«Bist du jetzt zufrieden?», fragte ich, als sie endlich wieder zu mir ins Bett kletterte.

«Entschuldige!», sagte sie leise. «Bitte entschuldige, ich dachte wirklich …» Zwei Tränen liefen ihr über die Wangen.

Ich nahm sie in den Arm und tröstete sie.

Dann stand ich auf, um ihr ein Taschentuch zu holen, und auf dem Rückweg drehte ich unauffällig die Heizung auf.

Dumme kleine Liebste.

# Es ist ein Kloß entsprungen

***Weihnachten*** mit der Familie, behaupten viele, sei zwangsläufig die Hölle. Aber diesmal, so schworen wir uns, würden wir, komme, was wolle, Friedfertigkeit und Harmonie regieren lassen.

Als meine Liebste und ich am frühen Heiligabend anreisten, baute mein Vater gerade im Wohnzimmer den Baum auf.

«Mama ist schuld, dass wir keinen schöneren haben», begrüßte er uns, «sie hat mich zu lange mit dem Einkaufen aufgehalten!»

Wir streichelten den Hund und sagten, das mache überhaupt nichts, wir fänden den Baum wunderbar. «Ich nicht!», beharrte mein Vater. «So einen Krüppel hatten wir noch nie!»

Wir fragten, ob wir beim Schmücken helfen sollten. Aber da kam meine Mutter und schickte uns ins Gästezimmer. Mein Vater werde mit seinem lumpigen Baum allein fertig, und sie habe jede Menge in der Küche zu tun.

«Sollen wir dir helfen?», fragte ich.

Meine Mutter sah mich beleidigt an. «Glaubst du, ich komme nicht allein zurecht?»

«Doch, doch», versicherte ich, «es war nur ein Gedanke. Wir könnten uns dabei unterhalten, wir haben uns ja länger nicht gesehen …»

«Unterhalten?», fragte meine Mutter kurz. «Ich habe zu tun! Geht nach oben in euer Zimmer!»

Es war Weihnachten. Also lächelten wir und gingen nach oben, damit meine Eltern in Ruhe streiten konnten.

Als es wieder leiser war, kamen wir zurück.

Im Wohnzimmer saßen mein Bruder und seine Freundin Tina. Wir konnten uns nur andeutungsweise begrüßen, denn mein Vater musste erläutern, warum es so spät mit dem Essen werde: Meine Mutter sei von Jahr zu Jahr überforderter.

«Was erzählst du da?» Meine Mutter schoss aus der Küche. «Das stimmt nicht! Das Essen ist gleich fertig – Ihr werdet euch doch wohl ein paar Minuten unterhalten können!»

«Du hast ja noch nicht mal mit den Klößen angefangen», stichelte mein Vater.

«Was geht dich das an?», tönte meine Mutter. «Hast du mir etwa geholfen? Du?»

Tina stand auf und bot meiner Mutter ihre Hilfe an.

«Natürlich habe ich ihr geholfen», sagte mein Vater kopfschüttelnd zu uns, «ich habe gestaubsaugt, gekehrt, gespült, den Baum geholt, eingekauft …»

«Hört nicht auf diesen Mann», sagte meine Mutter und stellte sich Tina in den Weg, «er lügt. Die Klöße sind längst fertig, ich brauche keine Hilfe!»

Sie verabschiedete sich türenknallend.

In das Schweigen hinein begann ich mit heiterer Stimme eine unglaubliche Geschichte zu erzählen, die neulich am Flughafen passiert sei, als sich ein Affe aus seiner Transportkiste befreit habe.

«Ich habe gewusst, dass es wieder ein Desaster wird!», unterbrach mich mein Vater mit triumphierendem Unterton. «Seit vierzig Jahren geht das schon so …»

Unauffällig ging ich in die Küche. Meine Mutter hatte noch nicht mit den Klößen angefangen, aber sie benötige keine Hilfe, rief sie, erst recht nicht von mir, wo ich doch neuerdings mit «diesem Mann», meinem Vater, paktiere.

Ich versicherte ihr herzlich, wie schön es sei, mal wieder zu Hause zu sein, und ging zurück ins Wohnzimmer. Dort klagte mein Vater über die Bronchitis, die er sich bei der Reparatur jenes Wohnzimmerrollos zugezogen hatte, das meine Mutter mutwillig zerstört habe.

«Was macht eure Wohnungssuche?», fragte mein Bruder erleichtert.

Ich erzählte etwas von wahnsinnigen Hausbesitzern und noch wahnsinnigeren Maklern.

«Ihr könnt euch einen Makler leisten?» Mein Bruder zog die Augenbrauen hoch.

«Was macht eigentlich deine Promotion?», wechselte ich freundlich das Thema.

Es sei nicht einfach, sagte er, er arbeite rund um die Uhr und beneide jeden, der in der Lostrommel einen ordentlichen Job gezogen habe, unglaublich gut verdiene und um fünf Uhr den Griffel fallen lassen könne.

Ich verkniff mir sämtliche Richtigstellungen; es war ja Weihnachten.

«Ist das nicht ein schöner Baum?», fragte meine Liebste in die Pause hinein.

«Ja, genau!», rief ich. «Und das ist doch noch unsere alte Krippe, oder?»

Mein Bruder lachte kurz und verächtlich auf, beugte sich nach unten und streichelte den Hund so heftig, dass die Haare durch die Luft flogen.

«Schade, dass ihr mir nicht bei dem Baum geholfen habt», erwiderte mein Vater und sah meinen Bruder an. «Aber du hast ja auch das ganze Jahr über kein einziges Mal den Rasen gemäht.»

«Ist das da hinten in der Krippe etwa immer noch das Schaf, dem der Hund damals das Bein abgebissen hat?», fragte ich versonnen. «Papa, wann war das noch?»

Mein Vater schüttelte den Kopf. «Das ist nicht zu viel verlangt, wenn man noch im Elternhaus lebt!»

Tina griff nach der Hand meines Bruders.

Meine Mutter riss die Küchentür auf.

«Lass den Jungen in Ruhe!», herrschte sie meinen Vater an. Der Hund sprang hoch und wollte an ihr vorbei in die Küche huschen, ich erwischte ihn gerade noch am Halsband.

«Lass den Hund in Ruhe!», rief meine Mutter scharf.

Ich ließ los. Sie knallte die Küchentür hinter sich und dem Hund zu. Sekunden später hörte man einen Schrei und das Geschimpfe meiner Mutter.

Meine Liebste lächelte freundlich.

«Euer Hund hat dem Schaf ein Bein abgekaut?», fragte sie.

«Ich hatte Prüfungen», sagte mein Bruder zu meinem Vater. «Und ich habe bis spätabends in der Uni gearbeitet. Aber das willst du doch gar nicht hören!»

Ich lächelte ihm beruhigend zu.

«Wann wollen wir eigentlich Bescherung machen?», fragte ich versöhnlich.

«Du begreifst offenbar nicht, was hier passiert», zischte mein Bruder.

Mein Vater sah über ihn hinweg Tina an.

«Könntest du nicht darauf achten, dass sich dein Freund in seinem eigenen Elternhaus ein bisschen kooperativ verhält?», fragte er. «Er ist jetzt dreißig Jahre, und er hat es immer noch nicht gelernt.»

Mein Bruder öffnete den Mund, griff dann nach seinem Weinglas und nahm einen großen Schluck.

Tina wollte etwas sagen, aber da klingelte das Telefon. Mein Vater nahm ab. «Dieter, fröhliche Weihnachten», sagte er, «nein, bei uns, nein … nein, ich weiß nicht, ob sie es vor Mitternacht schafft, nur eine einfache Gans, ja, eine Blamage, auch vor den Kindern …»

«Was redest du über mich?», schrie meine Mutter durch die geschlossene Küchentür.

«Dieters Sohn ist auch zu Hause, seit er bei der Post entlassen wurde», sagte mein Vater zu meinem Bruder, als er aufgelegt hatte, «und er hat schon das ganze Wohnzimmer gestrichen. Und den Flur dazu.»

Mein Bruder stürzte mit stierem Blick sein Glas hinunter. Tina legte ihm die Hand auf den Arm.

«Hier ist die Sachlage anders …», begann sie.

Meine Mutter riss die Küchentür auf, zerrte den Hund heraus, der sich das Maul leckte, und befahl ihm, sich aufs Sofa zu legen.

«Nicht neben den Stollen!», schimpfte mein Vater. «Du weißt, wie das letztes Jahr gelaufen ist! Nicht neben den Stollen!»

Er versuchte, den Hund vom Sofa zu schieben. Der Hund bewegte sich nicht.

«Hör auf, meinen lieben Hund verrückt zu machen!», rief meine Mutter.

«Ich mache den Hund nicht verrückt!», sagte mein Vater zu uns. «Der Hund kann sich nicht benehmen.»

«*Du* kannst dich nicht benehmen!», giftete meine Mutter. «Oder warum legst du mir immer diese Fetzen ins Bad?»

«Ich lege dir keine Fetzen ins Bad!», widersprach mein Vater.

Meine Mutter drehte sich um und marschierte nach oben.

«Wollen wir heute ausnahmsweise vor dem Essen Bescherung machen?», fragte ich, besinnliche Weihnachtsfreude in der Stimme. «Das wäre doch praktisch, wenn es mit der Gans noch etwas dauert. Wir könnten jetzt den Baum anzünden und etwas singen. Was meint ihr?»

«Ich finde auch dein Verhalten nicht korrekt», sagte mein Vater zu mir. «Du rufst immer seltener an, seit du verheiratet bist.»

Meine Liebste lachte fröhlich. «Was wollen wir denn singen?»

«Ich glaube nicht, dass ich singen will», sagte mein Bruder.

Meine Mutter kam zurück, etwas Blaues schwenkend.

«Das ist eine Badematte», erklärte mein Vater, «ich habe dir diese Badematte gekauft, weil im Bad keine lag.»

«Ich möchte dieses hässliche Ding nicht in meinem Haus haben!», rief meine Mutter.

«Hör zu», sagte mein Vater. «In jedes Bad gehört eine Badematte. Und die alte war verschwunden.»

«Ich habe sie weggeworfen», sagte meine Mutter.

Mein Vater sah sie an und sah dann uns an, um zu sehen, ob wir es auch gehört hatten.

«Du hast – was?», fragte er.

«Ich werde auch diesen lausigen Fetzen wegwerfen», triumphierte meine Mutter, «wenn du ihn nicht freiwillig entfernst. Ein für alle Mal: Ich dulde keine Schmutzfänger in meinem Bad!»

«Habt ihr das gehört?», empörte sich mein Vater. «Jeder normale Mensch hat im Bad eine Badematte!»

«Wir sollten jetzt die Kerzen anzünden», erinnerte ich lächelnd. «Mama – bleibst du gleich hier?»

«Sag deinem Vater, er soll für immer den Mund halten!», befahl meine Mutter und schmetterte hinter sich die Küchentür zu.

Mein Bruder sah mich hämisch grinsend an.

«Das traut er sich nicht», sagte er. «Da hat er Angst, der tolle große Bruder!»

«Es ist Weihnachten!», raunte mir meine Liebste zu.

«Ich zünde jetzt die Kerzen an!», sagte ich strahlend und griff nach dem Feuerzeug.

«Verflixt!» Mein Vater fuhr vom Sessel hoch. «Ich habe es doch gewusst! Ich hab es noch gesagt!» Der Hund sprang mit einem Satz vom Sofa, rannte zur Küchentür, machte Männchen und drückte die Klinke herunter, bis die Tür aufschwang.

«Der Stollen! Dein Hund hat den ganzen Stollen gefressen!», rief mein Vater meiner Mutter zu.

«Braver Hund», lachte meine Mutter hämisch, kramte nach einem Hundekuchen und warf ihn dem Stollenfresser zu.

«Ihr seht es», sagte mein Vater kopfschüttelnd. «Dieser Hund darf sich alles herausnehmen …»

«Für ihn ist auch Weihnachten!», rief meine Mutter. «Auch Hunde dürfen einmal im Jahr Stollen essen! Frag Tina, die ist Tierärztin.»

«Na ja», sagte Tina, vorsichtig lächelnd, «er ist schon ziemlich rundlich …»

«Schau dich doch erst mal selber an!», unterbrach meine Mutter heftig und knallte die Tür zu.

Das Telefon klingelte. «Hallo, Ernst, fröhliche Weihnachten», sagte mein Vater, «nein, wie immer, eine Katastrophe …»

Meine Mutter kam aus der Küche gerannt, hinter ihr der Hund. «Untersteh dich, über mich zu reden, sonst passiert etwas!», zischte sie meinen Vater an.

Der Hund machte auf dem Parkett in vollem Lauf eine Drehung und raste in die Küche zurück, meine Mutter ihm hinterher. Es klirrte und schepperte.

«Jetzt frisst ihr verzogener Hund uns auch noch die Gans weg», reportierte mein Vater mit grimmiger Befriedigung ins Telefon.

«So», rief ich händeklatschend, «alle Lichter brennen, wir können anfangen zu singen!»

Mein Bruder äffte mich feixend nach.

Meine Liebste ging in die Küche, um meine Mutter zu holen.

«Untersteh dich!», wurde meine Mutter laut. «Misch du dich nicht in fremde Angelegenheiten ein!»

Meine Liebste kam aus der Küche, meine Mutter hinter ihr her, den Hund mit sich zerrend.

«Diese Frau hat gefragt, ob sie mir helfen soll! So eine Frechheit!», rief meine Mutter aufgebracht.

«Au», rief die Liebste, «fast hätten wir es vergessen: Wollen wir vorher die Weihnachtsbotschaft lesen?»

«Natürlich!», rief ich und zog die Bibel aus dem Regal. «Tina, möchtest du lesen?»

«Nicht aus meiner Bibel!», jaulte meine Mutter auf. «Sie hat meinen Hund beleidigt!»

«Was soll das heißen?», empörte sich mein Bruder.

«Jetzt ist es aber genug», sagte Tina. «Wir wollen hier Weihnachten feiern, nicht streiten, oder?»

«… der eine Junge kann sich nicht benehmen, der andere lässt sich von seiner Frau verbieten, uns wenigstens ab und zu mal anzurufen», seufzte mein Vater überlaut ins Telefon.

Mein Bruder schlenderte in den Flur und zog den Telefonstecker aus der Buchse.

Meine Liebste stupste mich an. «Lass uns doch einfach mit dem Singen anfangen», sagte sie, milde lächelnd.

«Ihr lasst euch alle von diesem Mann gegen mich aufhetzen. Ist das euer Dank für alles?» Meine Mutter riss mir die Bibel aus der Hand.

«Die Leitung ist tot», rief mein Vater.

«Jedes Jahr sagen wir danke. Danke für den lausigen Streit und eine mittelmäßige Gans», stöhnte mein Bruder und griff nach der Weinflasche.

«Jetzt fällst du mir auch in den Rücken?», rief meine Mutter. «Das hätte ich von dir nicht gedacht. Ich kann dir gar nicht sagen, wie enttäuscht ich bin!»

Meine Liebste und ich stimmten «Stille Nacht, heilige Nacht» an. Tina fiel ein.

Mein Bruder zündete sich eine Zigarette an. Meine Mutter stürzte zur Terrassentür und riss sie auf.

Mein Vater begann zu husten und schloss die Tür. Meine Mutter riss sie wieder auf.

«Bitte», mahnte Tina meine Eltern, «das muss doch nicht sein.»

Mein Vater versuchte, die Terrassentür wieder zu schließen, aber meine Mutter hielt sie mit beiden Händen fest, während sie mit lauter Stimme in unseren Gesang einfiel.

Mein Bruder blies Rauchkringel zur Decke.

«Ich hole unsere Geschenke!». Meine Liebste lief nach oben. «Sehr gut!», rief ich ihr hinterher.

Mein Vater zerrte meine Mutter von der Terrassentür weg und schloss die Tür.

Meine Mutter hastete in die Küche und kam mit einem Bierglas voll Wasser zurück.

«Sag diesem Jungen», befahl sie meinem Vater, «er soll die Zigarette ausmachen, oder er kriegt das Wasser ins Gesicht!»

Mein Bruder nahm die Zigarette aus dem Mund und drückte sie mit verbissenem Gesicht aus.

«Könnt ihr euch nicht einmal, ein einziges Mal im Jahr zusammenreißen?», fragte Tina.

«So eine Unverschämtheit von dir!», tobte

meine Mutter los. «Ich gebe mir alle erdenkliche Mühe, es euch schön zu machen! Aber wenn es euch nicht gefällt, könnt ihr ja gehen!»

«Gute Idee!» Tina sprang auf und sah sich nach meinem Bruder um. «Kommst du?»

«Ihr könnt doch jetzt nicht einfach gehen!», rief meine Mutter empört. «Das Essen ist gleich fertig!»

«Danke, mir ist der Appetit vergangen!», rief Tina.

«Was soll das heißen?», schrie meine Mutter und rannte zornbebend in die Küche.

Meine Liebste kam mit unseren Geschenken zurück und legte sie unter den Weihnachtsbaum.

«Das könnt ihr nicht machen! Ihr müsst hier bleiben!», belehrte mein Vater meinen Bruder und Tina. «Sie hat sich solche Mühe gegeben, extra für euch!»

Meine Liebste und ich umarmten die anderen, wünschten frohe Weihnachten und verteilten unsere Geschenke.

Meine Mutter kam aus der Küche zurück, zwei riesige Teller mit halb roher Gans, rohen Klößen, Blaukraut und Soße in der Hand.

Es war nicht leicht, sie zu umarmen und ihr frohe Weihnachten zu wünschen.

«Ihr wollt mein Essen nicht?», schrie sie. «Ihr wollt nicht, was ich voller Liebe für euch gekocht habe? Gut! Gut! Dann werfe ich es eben weg!» Sie riss die Terrassentür auf und schleuderte die Teller in die dunkle Nacht. Der Hund raste hinterher. Tina zog meinen Bruder mit sich aus der Haustür. Meine Mutter verschwand türenknallend, und mein Vater ging nach draußen, um den Nachbarn, die am Zaun standen, zu erläutern, dass es nur an meiner Mutter lag.

In der Ferne läuteten die Kirchenglocken. Meine Liebste und ich küssten uns und wünschten uns ein frohes Fest.

Plötzlich wand sie sich aus meinem Arm.

«Du pikst», sagte sie genervt. «Kannst du dich nicht einmal im Jahr ordentlich rasieren?»

«Ich bin ordentlich rasiert!», brüllte ich. «Ich bin hervorragend rasiert, verdammt nochmal!»

# Irgendein dämlicher Passant

**Neulich,** im Fernsehen, sah ich überraschend meinen Schulfreund Christian. Es lief eine Straßenumfrage, und der Interviewer fragte eine Passantin: «Machen auch Sie Diät?» Da kam im Hintergrund Christian aus einem Kaufhauseingang. Er war eindeutig zu erkennen, zumal er immer noch seine alte Brille und diese Frisur trug. Christian entdeckte die Kamera und blieb neugierig stehen. Als die Befragte nach einer Schrecksekunde antwortete («Natürlich!»), drehte er sich zur Seite und verließ hastig das Bild.

Ich hatte Christian seit über fünfzehn Jahren nicht mehr gesehen und wollte gerade darüber nachdenken, warum sich manche Menschen so wenig verändern, da fing der packende U-Boot-Thriller an.

Tage später kam in den *Tagesthemen* ein Bericht über die mafiösen Strukturen von Akkordeonspielern im öffentlichen Nahverkehr. Die Kamera schweifte über einen voll besetzten Bahnsteig, und inmitten der Wartenden stand – Christian. Er starrte mit aufgeregt flatternden Augenlidern geradeaus und tat, als merke er nicht, dass er gefilmt wurde.

Diesmal erwog ich kurz, ihn anzurufen, aber am nächsten Tag hatte ich doch zu viel zu tun.

Nach einer Woche war Christian schon wieder im Fernsehen. In einer Dokumentation über den Alltag eines ehemaligen Bundeskanzlers war er unter den Zuschauern, die eine 12-Uhr-Fütterung im Affenhaus verfolgten. Diesmal gab er sich deutlich gelassener, allenfalls sein heftiges Kaugummikauen deutete auf eine gewisse Nervosität hin. Und er hatte eine neue Frisur.

Ich suchte nach Christians alter Telefonnummer und rief ihn an.

Er wunderte sich kein bisschen. «Und, wie war ich?», fragte er. «Ganz gut», sagte ich zögernd, «seltsam: Ich habe dich jetzt dreimal hintereinander gesehen …»

«Du hast drei Auftritte verpasst», beeilte sich Christian zu erklären, «ich war in diesem Kulturmagazin, bei Heute; und gestern in den RTL-Nachrichten, als der Reporter vor der bayerischen Landesvertretung seinen Aufsager machte, ging ich durchs Bild. Von links nach rechts. Ziemlich weit hinten, aber doch gut zu erkennen.»

«Christian», sagte ich. «Das ist doch kein Zufall!»

Christian lachte. «Zuerst war es das. Aber nachdem ich zweimal hintereinander im Fernsehen war, fingen meine Nachbarn an, mich freundlich zu grüßen. In der Bäckerei werde ich plötzlich immer zuerst bedient. Mein Weinhändler lädt mich zu Weinproben ein. Bekannte rufen an, die sich seit Jahren nicht mehr gemeldet haben. Ach ja: Warum meldest du dich jetzt erst?»

«Entschuldige, ich war sehr beschäftigt», sagte ich.

«Weißt du», fuhr Christian fort, «es ist ganz leicht: Man muss sich vor der Kamera einfach nur benehmen, als wäre nichts. Fernsehteams sind ja überall genug unterwegs. Sorry, ich muss los, in einer halben Stunde kommt die Nationalelf an.»

Am nächsten Abend sah ich in einer Sportsendung Christian im Spalier der Autogrammjäger vor einem Hoteleingang stehen. Fünf Sekunden lang blickte er ganz entspannt direkt in die Kamera. Ein Torwart, der unbedingt seine Mittelfinger in die Kamera halten musste, verdeckte ihn halb, aber es kam mir so vor, als habe Christian nun auch eine neue Brille. Weiteren Fernsehauftritten entnahm ich, dass er jetzt einen Anzug trug, einmal sogar einen nagelneuen Staubmantel.

Dann rief er mich an.

«Wie bin ich so?», fragte er.

«Gut», sagte ich, «ganz natürlich. Neulich, in diesem Beitrag über Rikschas in der Großstadt, warst du als Fahrgast zwar etwas verschwommen …»

«Schlechter Kameramann», sagte er. «Ich habe mich beim Sender beschwert. Und sonst?»

Da war etwas in seiner Stimme.

«Wie sonst?», fragte ich.

«Genau, das ist es ja eben», sagte Christian. «Ich habe zu wenig Präsenz. Ich habe mir sämtliche Videoaufzeichnungen meiner Auftritte durchgesehen, nächtelang. Und ich war ehrlich erschrocken. Ich könnte auch irgendjemand anders sein. Irgendein Rikschafahrer. Irgendein dämlicher Passant.»

«Moment», sagte ich. «Du hast doch von deinen Nachbarn und deinem Bäcker erzählt …»

«Gut», sagte Christian, «aber das kann doch nicht alles sein. Ich verbringe meine ganze Freizeit vor Fernsehkameras, bei Wind und Wetter, ich gebe irre viel Geld aus für Kleidung und Körperpflege. Schon längst müsste ich Autogrammwünsche bekommen, müsste sich ein Fanclub gründen, müsste jemand von *Who's Who* anrufen und mich in die Prominentenkartei aufnehmen wollen. Aber nichts geschieht! Man nimmt einfach nicht wahr, wie sehr ich mich von der breiten Masse abhebe!»

Ich wusste nicht, was ich sagen sollte.

«Ich werde daran arbeiten», verkündete Christian nach einem Moment peinlicher Stille und legte auf.

Einige Tage später sah ich in den Nachrichten einen Bericht über einen Streik bei einem großen Autohersteller. An einem Pult sprach ein glatzköpfiger Betriebsratsvorsitzender, hinter ihm standen dichte Reihen orangerot gekleideter Demonstranten. Mit einem Mal schob jemand einen Plakatträger in der Bildschirmmitte beiseite und drängte sich nach vorn. Es war

Christian. Er trug Krawatte und einen schwarzen Anzug, starrte mit tieftrauriger Miene in die Kamera und schüttelte so leidvoll den Kopf, dass die Kamera ihn für einen Zwischenschnitt heranzoomte. Christian wartete, bis er groß im Bild war, dann begannen seine Mundwinkel voll kaum verhaltener Trauer zu zittern. Die Kamera schwenkte erst wieder auf den Betriebsratsvorsitzenden, nachdem zwei Streikposten Christian mit Gewalt aus dem Bild gezerrt hatten.

Am nächsten Morgen um kurz vor sechs rief er mich an.

«Ich hatte noch nie so viel Resonanz», erzählte er atemlos, «auf der Straße, in der S-Bahn, überall erkennt man mich jetzt. Fremde haben mir auf der Straße gratuliert und gesagt, ich hätte ohne ein einziges Wort mehr über die Lage unseres Landes ausgedrückt als all die Politiker mit ihren verlogenen Reden. Übrigens, ich werde dich auf den Verteiler meines E-Mail-Newsletters setzen, damit du nie wieder einen meiner Auftritte verpasst.»

«Danke», sagte ich schlaftrunken. Aber Christian hatte schon aufgelegt. Kurze Zeit später kam die erste E-Mail, aus der ich erfuhr, dass er am Abend im Publikum einer Quizshow sitzen würde.

Er hatte einen sehr guten Platz, einen, auf dem er fast immer mit im Bild war, wenn die Kamera den Kandidaten erfasste. Dieser, ein Lehrer aus Niedersachsen, wusste keine Antwort auf die Frage, was man mit Lackmus-Papier teste. Er sei Deutschlehrer, sagte er entschuldigend, und Christian hinter ihm rollte kopfschüttelnd die Augen.

Der Kandidat setzte seinen Telefonjoker ein und rief einen Bekannten an. Der konnte zur Lösung nur beitragen, er kenne sich mit Lacken und Farben überhaupt nicht aus, was Christian veranlasste, beide Hände vors Gesicht zu schlagen. Als der Kandidat das Publikum befragte, eine Mehrheit von 67 Prozent auf Lösung B, den Ph-Wert, tippte, und der Lehrer noch immer zögerte, griff sich Christian grimassierend an den Hals und formte mit den Lippen das Wort *Pisa*. Als es schließlich in der nächsten Frage darum ging, auf welchem Instrument John Lennon *Imagine* gespielt habe, und der Kandidat unsicher begann, er sei kein Musiklehrer, erhob sich

Christian mit abfälliger Geste, zerriss seine Eintrittskarte in kleine Schnipsel und bahnte sich seinen Weg zum Ausgang.

Am nächsten Tag rief ich ihn an. Christian nahm nach dem ersten Klingeln ab, er musste direkt neben dem Telefon gesessen haben.

«Ach, du bist's nur», sagte er.

«Wen hast du denn erwartet?» fragte ich.

«Die Presse, das Fernsehen, einen Agenten», sagte Christian. «Wir dürfen nicht zu lange telefonieren; nach gestern wird garantiert jemand anrufen. Du hast es ja mitgekriegt: Die Zuschauer hätten mir fast applaudiert. Hast du den Quizmaster gesehen? Um ein Haar hätte er mich angesprochen. Ich hätte eine pointierte Antwort parat gehabt, die mir einen sicheren Lacher beim Publikum eingebracht hätte. Ich war ganz kurz vor meinem ersten Satz im Fernsehen! Schade, dass diese Null von Lehrer heulend zusammengebrochen ist und sich alle um ihn kümmern mussten.»

«Ja, schade», stimmte ich zu, weil ich wusste, dass Christian das erwartete.

«Jetzt ist es nur noch eine Frage der Zeit», sagte Christian. «Wie leicht kann es sein, dass man mich auf der Straße anhält und zur Weltlage befragt. Und ich bin vorbereitet. Jeden Morgen lese ich vier Zeitungen und lerne die Kurzkommentare auswendig. Aber ich muss jetzt auflegen!»

Es war reiner Zufall, dass ich am übernächsten Tag den Fernseher einschaltete; keine E-Mail hatte mich auf den Auftritt von Christian hingewiesen. Aber als eine Reporterin vor einem Schnellrestaurant eine Umfrage zum bevorstehenden Besuch der Queen machte, trat er ins Bild, zur anderen Seite sehend und gedankenversunken in einen großen Cheeseburger beißend. Er merkte erst, was los war, als die Journalistin ihm das Mikrophon vor die Nase hielt und fragte: «Und Sie? Mögen Sie die Queen?»

Christian starrte mit prallen Backen und verschmiertem Mund in die Kamera.

«Die Queen», erläuterte ihm die Interviewerin, unbarmherzig lächelnd, «das ist die englische Königin. Sie kommt zu Besuch. Verstehen Sie mich?»

Christian nickte, Panik im Blick, versuchte, etwas zu sagen, und verschluckte sich, während die Kamera zum Nächsten schwenkte, einem streng gescheitelten Mittfünfziger, der ein trainiertes Lächeln aufsetzte und wie aus der Pistole geschossen: «Sehr sympathische Frau!», antwortete.

Er sagte noch etwas über die Symbolik der königlichen Handtasche, aber das ging unter in Christians fürchterlichem Hustenanfall.

Das Interview wurde als *Panne der Woche* noch zweimal gesendet, in einer Tageszeitung als Paradebeispiel fehlender Bildung erwähnt und in einem Privatsender von einem ziegenbärtigen Moderator mit tellergroßen Papp-Cheeseburgern nachgespielt.

Danach sah ich Christian länger nicht im Fernsehen. Ungewöhnlich lange.

Irgendwann rief ich ihn an. Es dauerte, bis er ans Telefon ging.

«Ich bin ruiniert», sagte er mit brüchiger Stimme. «Ich habe hart daran gearbeitet, mich als ernsthafte Person des öffentlichen Lebens aufzubauen. Und wenn ich jetzt die Bäckerei betrete, fangen die Verkäuferinnen an, über die Queen zu sprechen. Mein Weinhändler behauptet, er sei nicht mehr mein Weinhändler, und gestern rief so ein Boulevard-Blatt an, das den *Loser des Jahres* sucht – ich habe behauptet, ich sei mein Untermieter. Niemand will mich mehr in einer Talkshow sehen, in den Nachrichten, niemand wird mir mehr die Chance geben, in einer Straßenumfrage meine Meinung zu sagen. Bald werde ich wieder in derselben Bedeutungslosigkeit versunken sein wie alle anderen. Bald werde ich wieder so unwichtig sein wie du!»

Ich bat ihn, doch nicht so zu weinen. Der Wert eines Menschen bemesse sich nicht an solchen Äußerlichkeiten, und schließlich seien wir gute alte Freunde. Bevor ich auflegte, versprach ich, spätestens nächste Woche wieder anzurufen.

Ich habe es nicht getan.

# Total verbohrt

**Neulich** traf ich Sven auf der Straße. Sven pfiff vor sich hin und lächelte. «Habt ihr Lust vorbeizukommen», fragte er, «zu einem Glas Wein, so in zwei Stunden?»

Sven und Heike wohnen gleich um die Ecke, und es dauerte ein paar Minuten, bis Heike öffnete. Sie sah aus, als sei etwas Unangenehmes passiert.

«Oh», fragte ich betroffen, «sind wir zu früh?»

Aus dem Hintergrund war ein Poltern zu hören, dann Svens Stimme. Was er sagte, hörte sich an wie ein derber Fluch.

Heike lächelte mühsam. «Entschuldigt», sagte sie, «wir wollten etwas vorbereiten und sind nicht fertig geworden. Könntet ihr vielleicht später vorbeikommen – oder besser morgen? Morgen um die gleiche Zeit?»

Es war eine lächerliche Ausrede, aber wir nickten verständnisvoll. Streit kommt in den besten Beziehungen vor.

Am nächsten Tag, wir hatten eine Flasche hervorragenden Wein dabei, öffnete uns Sven. Er wirkte nicht so, als erwarte er Besuch; sein Hemd war durchgeschwitzt. Es tue ihm leid, murmelte er, aber heute sei schon wieder etwas Unvorhergesehenes passiert, und vor lauter Hektik habe er völlig vergessen anzurufen. Wir sollten bitte nicht böse sein.

«Kein Problem», sagte ich. «Ist alles in Ordnung? Geht es euch gut? Wenn wir euch helfen können …»

«Nein danke», Sven lächelte noch bemühter als Heike gestern, «furchtbar nett von euch, aber wir sind bald fertig! Falls ihr morgen noch nichts vorhabt …?»

Hinter ihm, im Halbdunkel des Flures, tauchte Heike auf und schlug hastig vor, wir sollten doch besser morgen erst noch einmal telefonieren.

Wir achteten darauf, beim Abschied so herzlich wie immer zu sein.

«Ich habe kein gutes Gefühl», sagte meine Liebste auf dem Nachhauseweg. «Du wirst sehen, morgen klappt es auch nicht.»

Am nächsten Tag war tatsächlich Heikes Stimme auf unserem Anrufbeantworter: Es sei schon wieder etwas dazwischengekommen, die Sache sei ihnen wirklich sehr peinlich, und vielleicht sei es deshalb das Beste, wenn sie sich melden würden, sobald sie wieder Zeit hätten.

«Sie hat so anders geklungen», sagte meine Liebste. «Ganz anders als sonst.»

Wir hörten die Nachricht ein Dutzend Mal ab und untersuchten sie penibel auf versteckte Botschaften, doch abgesehen von einem kurzen Störgeräusch – vermutlich ein Küchenmixer – war da nichts.

«Was, wenn sie gar keinen Streit haben?» Meine Liebste runzelte die Stirn. «Haben wir vielleicht irgendetwas gesagt oder getan, was die beiden beleidigt haben könnte?»

«Nicht dass ich wüsste!», erwiderte ich.

«Denk nach», sagte sie eindringlich. «Als Sven dich fragte, ob wir vorbeikommen wollten, neulich, bevor das alles begann, hast du da womöglich etwas Unfreundliches gesagt? Die Nase gerümpft? Natürlich nur versehentlich.»

«Wofür hältst du mich!», erwiderte ich empört.

Wir versuchten, Heike und Sven ein paarmal zurückzurufen, aber es sprang immer nur der Anrufbeantworter an.

Drei Tage danach begegnete ich Sven auf dem Weg zum Gemüseladen. Er hatte eine Schramme über dem Auge, und als er mich sah, zuckte er sichtbar zusammen.

«Wie geht es dir?», fragte ich und starrte auf die Tüte in seiner Hand, in der sich offenbar etwas Schweres befand.

«Alles in bester Ordnung», sagte er, «du, entschuldige, ich muss dringend los. Wir sehen uns bald, versprochen!»

Es war das kürzeste Gespräch mit Sven seit langer Zeit gewesen.

Auch in der kommenden Woche meldeten sich die beiden nicht, was sehr ungewöhnlich für sie war. Sie gingen auch weiterhin nicht ans Telefon, obwohl in ihrer Wohnung Licht brannte und sich hinter den Vorhängen Schatten bewegten, wie ich auf einem abendlichen Kontrollgang feststellte.

«Was könnte in der Tüte gewesen sein, die Sven bei sich trug?», fragte meine Liebste, als wir, wie jeden Abend, das unerklärliche Verhalten der zwei analysierten. «Und diese Schramme. Könnte die auch von – Fingernägeln stammen?»

Ich sah sie erstaunt an.

«Sag mal», fuhr sie eilig fort, «wann haben wir Heike zum letzten Mal gesehen?»

Ich lachte auf. «Du glaubst doch nicht im Ernst, also hör mal …»

Meine Liebste lachte mit, aber sie sah gespannt zu, wie ich zum Telefonhörer griff.

In der Wohnung lief natürlich nur das Band. Ich stellte unsere Anruferkennung aus und rief auf Heikes Diensthandy an. Beim dritten Versuch meldete sie sich mit einem leisen: «Hallo?»

«Heike», rief ich erleichtert, «geht es dir gut?»

«Hallo!», rief Heike, und ihre Stimme klang, wie eine Stimme klingt, wenn man das Handy mit ausgestrecktem Arm von sich weghält. «Hallo? Wer ist da? Ich fahre gerade in einen Tunnel, ich höre nichts! Ich höre nichts! Hallo …» Sie machte ein paar fauchende Geräusche, musste husten und unterbrach die Verbindung.

Wir sahen uns an.

«Hältst du es für möglich, nur theoretisch,

dass es umgekehrt ist», fragte ich. «Dass vielleicht Heike Sven …»

«Unmöglich!», rief meine Liebste überzeugt. «Aber vielleicht hält er sie gegen ihren Willen in der Wohnung fest?»

Wir schwiegen ratlos.

Zwei Tage später kam meine Liebste nach Hause. «Ich habe sie gesehen», rief sie, «alle beide! Sie liefen mir entgegen, und weißt du, was sie getan haben? Sie wechselten die Straßenseite und taten, als hätten sie mich nicht bemerkt! Außerdem trugen sie karierte Hemden.»

«Alle beide?», fragte ich. «Welche Art von karierten Hemden?»

«Keine Ahnung», sagte sie. «Was hat das zu bedeuten?»

«Ich weiß es nicht», sagte ich.

«Wir werden es herausfinden, jetzt gleich», beschloss meine Liebste. «Wir gehen hin, klingeln sie heraus und laden sie zu uns ein!»

Sven und Heike ignorierten unser Klingeln, aber kaum hatten wir einige Zeit an der Tür gelauscht, drang aus ihrer Wohnung lautes Krachen, gefolgt von Stimmengewirr.

«Die Post!», rief ich durch den Briefschlitz. «Päckchen für Sie!»

Sven riss die Tür auf. Hinter ihm stand Heike mit verquollenen Augen. Beide sahen übernächtigt aus, beide trugen verstaubte karierte Hemden.

«Danke», sagte Sven, als ich mein Einladungssprüchlein aufgesagt hatte, und täuschte ein Lächeln an, «wir würden so gerne kommen, aber leider, heute und morgen Abend haben wir keine Zeit!»

«Übermorgen vielleicht?», fragte meine Liebste und versuchte, an beiden vorbei einen Blick in die Wohnung zu werfen.

«Leider, voraussichtlich auch nicht», sagte Heike und machte den Türspalt kleiner.

«Überübermorgen?», fragte die Liebste. «Oder am Tag danach?»

Ich legte den Finger auf den Mund, zog unauffällig den Zettel aus der Tasche, den wir vorbereitet hatten, und hielt ihn den beiden hin.

«Nein», sagte Sven, «wir werden nicht erpresst, und es hat uns auch niemand als Geiseln genommen. Trotzdem ist noch nicht absehbar, wann wir wieder Zeit haben werden, leider.

Lasst es uns doch so machen, wie wir vorgeschlagen haben: Wir melden uns, sobald es geht. Okay?»

«Sven, Heike», fragte meine Liebste, «was ist wirklich los?»

«Nichts», Sven lächelte qualvoll.

«Hat es mit uns zu tun?», fragte sie.

«Nein, natürlich nicht, wie kommt ihr darauf?», rief Heike erschrocken.

Unser Abschied war kurz und unverbindlich. Als wir die Treppe hinuntergingen, meinten wir, ein Schluchzen zu hören.

«Ist dir aufgefallen, dass sie uns keinen Schritt in die Wohnung lassen wollten?», fragte meine Liebste. «Und ihre Augen waren so – komisch.»

«Vielleicht sind sie an eine Sekte geraten», sagte ich. Meine Liebste blieb stehen. «Wir müssen ihnen helfen», sagte sie, «wir haben doch ihren Zweitschlüssel vom Blumengießen.»

Als wir Heikes und Svens Wohnung betraten, war es noch nicht zu spät. Überall im Flur lagen Kleider, Werkzeuge und zerrissene Pappkartons, aus dem Schlafzimmer drang Licht, und wir hörten Gemurmel.

Sven und Heike knieten mit gesenktem Kopf vor etwas Großem, das vor dem Bett auf dem Boden lag.

Ein Sarg.

Nein. Es war ein Schrank.

Sven und Heike knieten vor einem Kleiderschrank. Einem fast fertig zusammengebauten Kleiderschrank.

«Entschuldigt», stotterte ich. «Entschuldigt vielmals, aber wir dachten ...»

Sven sprang auf, machte dann eine resignierte Handbewegung und griff nach einer Flasche Bier.

Heike lächelte erschöpft.

«Na gut, jetzt seht ihr's ja selbst», sagte sie. «Seit drei Wochen versuchen wir, diesen Schrank zusammenzubauen. Anfangs dachten wir, es geht in ein paar Stunden. Aber wir haben die Wände falsch zusammengesteckt. Deshalb mussten wir eine Bohrmaschine kaufen und neue Löcher für die Schrauben bohren. Dann haben wir die Türscharniere angeschraubt, drei Abende lang die Türen justiert, und zum Schluss gemerkt, dass wir zuerst die Griffe hätten anbringen müssen. Wir haben die Türen wieder abmontiert Löcher für die Griffe gebohrt, die Griffe angeschraubt – aber die sitzen jetzt schief. Das Holz ist gesplittert, die Türen passen nicht mehr an die Seitenwände, und zwei Schrauben sind verschwunden …»

Sven strich sein ungewaschenes Haar zurück und ging in die Küche, um ein neues Bier zu holen.

«Er isst seit Tagen nichts mehr», flüsterte Heike. «Und heute ist er wieder nicht zur Arbeit gefahren. Die ganze Zeit beschäftigt er sich nur noch mit diesem Ding. Er ist doch Architekt. Dass er nicht mal einen lausigen Schrank zusammensetzen kann, das ist zu viel für ihn. Helft uns. Klaut den Scheißschrank. Zündet unsere Wohnung an. Tut etwas, bevor es zu spät ist!»

Heike warf sich verzweifelt auf den Boden. Sven, der alles gehört hatte, knallte von außen die Schlafzimmertür zu. Sekunden verharrten wir wie erstarrt, ohne den Blick von dem Papier lösen zu können, das säuberlich mit vier Nadeln an die Tür gepinnt war. Die Aufbauanleitung.

«Sie hängt verkehrt herum», sagte meine Liebste.

# Es führt kein Weg zu Dr. Flimmich

**Ich** turne nicht auf Dächern herum und benutze keine Seilbahn. Balkone betrete ich nur bis zum zweiten Stock, und auf steilen Rolltreppen schließe ich die Augen. Kurz: Ich bin niemand, der mutwillig die Gefahr sucht.

Ich tat das auch nicht, als die Rezeptionistin des Hotels zu mir sagte: «Sie bekommen eines unserer schönsten Zimmer. Nummer 612, sechster Stock.»

Natürlich hatte ich registriert, dass das Hotel ein imposanter Neubau mit Glasfassade war. Aber es hatte mich nicht argwöhnisch gemacht. Eingekeilt in eine schwäbische Reisegruppe, schob ich mich in den Lift.

Im zweiten Stock stiegen meine Mitfahrer aus, der Fahrstuhl glitt mit mir alleine weiter.

Und mir stockte der Atem.

Ich stand in einem Glaskasten, tief unter mir wurden die Menschen kleiner und kleiner. Meine Knie schwankten. Krampfhaft starrte ich auf das erbärmlich winzige Messingbrett mit den Etagenknöpfen.

Ich starrte, bis der Lift stoppte. Fast blind tastete ich nach der Türöffnung und stand auf einem Glassteg, der sich in Höhe des sechsten Stockwerks quer durch die Halle spannte.

Die Henkel meiner Tasche zwischen den Zähnen, kroch ich auf allen vieren, bis ich einen Flur mit festem Fußboden erreicht hatte, und lehnte dort geraume Zeit keuchend an der Wand. Nachdem ich mein Zimmer gefunden hatte, öffnete ich vorsichtig die Tür. Glücklicherweise war es ein Zimmer, dem man nicht ansah, dass es in einem Gebäude lag, welches von einem Irren entworfen worden war.

Ich warf mich aufs Bett und blieb liegen, bis mir einfiel, dass ich eine Verabredung in der Lobby hatte. Es musste noch einen anderen Weg nach unten geben. Ich folgte dem Flur in die entgegengesetzte Richtung, weg von dem Glassteg, und kam zu einer Tür mit der Aufschrift *Treppe*. Erleichtert öffnete ich.

Die Treppe bestand aus einem Nichts von Gitterrostgeflecht, durch das hindurch man in die Tiefe sah.

Ich sprang in den Flur zurück.

Vom Zimmer aus rief ich die Rezeption an.

«Bitte verstehen Sie», begann ich, «Ihr gläserner Lift, ich war darauf nicht vorbereitet …»

«Das geht vielen so», fiel mir die Rezeptionistin stolz ins Wort. «Unser Panoramafahrstuhl überwindet dreißig Höhenmeter und bietet freie Sicht auf die größte Hotelhalle dieser Bauart. Fahren Sie ruhig ein paarmal auf und ab!»

«Es gibt doch sicher noch einen anderen Aufzug?», fragte ich.

«Nein», sagte die Rezeptionistin, «nur eine Treppe.»

«Aber abgesehen von diesem Fahrstuhl und dieser Treppe muss es doch noch etwas geben. Etwas, das nicht aus Glas oder durchsichtig ist. Vielleicht ein Lasten- oder Speiseaufzug», drängte ich.

«Warum?», fragte die Rezeptionistin verständnislos.

«Für das Personal zum Beispiel!», sagte ich. «Für Lasten. Für Speisen. Für Höhenkranke!»

«Mein Herr», die Stimme der Rezeptionistin klang nicht sehr mitleidig. «Ist Ihnen nicht gut?»

Ich beendete das Gespräch und sah auf die Uhr. Meine Verabredung, Dr. Flimmich, musste schon da sein.

Ich rief ihn vom Handy aus an. Er saß in der Lobby. Ich faselte etwas von einer Zugverspätung.

Dann durchblätterte ich mein Handy-Telefonbuch und stieß auf Olivers Nummer. Oliver fuhr im Winter einen ungeheizten Jeep, machte im Sommer Abenteuerurlaub im Dschungel und konnte mir jetzt sicher helfen.

Er brach in lautes Gelächter aus, als er erfuhr, worum es ging.

«Hör auf!», bat er. «Hör auf mit deinen Witzen!»

«Oliver!», rief ich. «Ich mache keine Witze! Ich schwöre es!»

Es wurde still am anderen Ende.

«Also: Wie komme ich aus einem Hotel, wenn ich den einzigen Fahrstuhl nicht benutzen kann und die Treppe auch nicht?»

«Springen», sagte Oliver. «Tu so, als ob es brennt: Die Feuerwehr kommt, spannt unten ein Sprungtuch auf, du kletterst aufs Fensterbrett. Und springst.»

«Aus dem sechsten Stock?», fragte ich schaudernd.

«Hm», überlegte Oliver, «möglicherweise kommt auch ein Hubschrauber, lässt einen Rettungskorb herunter, und du steigst vom Fensterbrett aus hinein. Ganz einfach. Du musst nur noch den Feueralarm auslösen.»

«Aber», fragte ich mit rauer Stimme, «wenn ich so Höhenangst habe, dass ich nicht mal aufs Fensterbrett komme?»

«Ich habe mal eine Meldung in der Zeitung gelesen», sagte Oliver, «über einen Hotelgast, der hatte auch Höhenangst. Als er abreisen musste, traute er sich nicht in den Glasfahrstuhl, sondern versteckte sich in verschiedenen Zimmern und ernährte sich von Chips und Erdnüssen aus den Minibars. Als man ihn nach Wochen endlich gefangen hatte, musste man ihn fesseln, um ihn in den Lift zu bekommen – bist du noch da?»

«Das ist nicht wahr!», murmelte ich entsetzt.

Oliver kicherte. «Sorry, ich habe nur Spaß gemacht!»

«Du Schwein», zischte ich, legte auf und löschte seine Nummer aus meinem Telefonbuch. Ich rief noch drei oder vier echte Freunde an, erreichte aber niemanden.

Also griff ich ein Duschhandtuch, trat auf den Gang hinaus und ging auf und ab, bis aus einem Zimmer eine Frau kam, die so intelligent aussah, dass ich ihr mein Leben anvertrauen konnte.

Ich erzählte ihr von meinem Dilemma und fragte, ob sie mir das Handtuch als Augenbinde umlegen, meine Hand nehmen und mich im Fahrstuhl nach unten bringen könne.

Sie lachte. «Gute Idee», sagte sie, «aber leider, ich bin mit meinem Mann hier.»

«Aber …», rief ich, doch sie war schon weg.

Ich ging zurück in mein Zimmer und unterrichtete Dr. Flimmich, ich säße nun gleich im Taxi, es könne nicht mehr lange dauern. Er antwortete mit einer Höflichkeitsfloskel, aber in seiner Stimme schwang Ungeduld mit.

Kaum hatte ich aufgelegt, klingelte mein Handy. Oliver.

«Ich helfe dir», sagte er. «Du musst dich selber austricksen. Hör zu …»

Unter seiner Anleitung kippte ich zwei Wodka aus der Minibar herunter. Dann knotete ich die

Bettwäsche, die Badetücher und die Ersatzdecken aus dem Schrank zu einem Seil zusammen.

«Geh mit damit in den Flur», sagte Oliver, «bis dahin, wo der Glassteg beginnt.»

«Das ist schwierig!», sagte ich.

«Vertrau mir!», beschwor mich Oliver.

Das Handy am Ohr verließ ich das Zimmer und näherte mich dem Steg.

«Siehst du etwas?», fragte Oliver, «etwas, an dem du das Seil befestigen kannst?»

«Nein», sagte ich angespannt, «hier ist nichts, nur ein Feuerlöscher.»

«Hervorragend», rief Oliver, «befestige das Seil daran. Nicht nachdenken, mach schon!»

Geduckt näherte ich mich dem Feuerlöscher und schlang ein Seilende um den Tragegriff.

«Sehr gut», sagte Oliver. «Nimm das Seil in die Hand. Fest! Und jetzt dreh dich um. So, dass dein Rücken zum Steg zeigt.»

«Warum?» fragte ich entsetzt.

«Vertrau mir!» sagte Oliver. «Halt das Seil fest, dann kann dir nichts passieren.»

«Gut», sagte ich gepresst.

Eine Gruppe Senioren in weißen Hotelbademänteln kam den Gang entlang und blieb interessiert stehen.

«Prima!», rief Oliver. «Jetzt klemmst du das Handy unters Kinn, nimmst das Seil in beide Hände und gehst rückwärts, als ob du dich abseilen würdest.»

«Rückwärts?», fragte ich panisch. «Auf den Steg?»

«Du wirst es nicht merken», beschwor mich Oliver.

«Das kann ich nicht», ächzte ich.

«Uralter Survivor-Trick: Solange man ein Seil in der Hand hat, hat man keine Höhenangst», erklärte Oliver, «geh nur ganz langsam und sieh nicht runter. Na los!»

Ich fing an, mich am Seil entlang rückwärts in Richtung Fahrstuhl zu tasten, bemüht, weder nach unten noch geradeaus zu sehen, wo sich die Senioren anschickten, ihre Bademantelgürtel zu einem Seil zusammenzuknoten.

«Gut», quäkte Olivers Stimme, «sehr gut! Weiter so! Du schaffst es …»

Ein Senior schwang das Gürtelseil nach Cowboyart mehrfach über dem Kopf und warf es mir zu, während er mit der freien Hand seinen Bademantel zusammenhielt.

«Danke», rief ich, «das ist sehr freundlich, aber nicht nötig! Es handelt sich nur um eine Übung, meine Damen und Herren, eine Übung ...»

Der Senior nickte mir zu und warf wieder. Mein Handy rutschte weg, reflexartig griff ich danach, und als mir klar wurde, dass ich mein Seil losgelassen hatte, taumelte ich schon haltlos nach hinten, unter mir die grausige Tiefe. Meine Schreie müssen furchtbar geklungen haben.

Ich kam wieder zu mir, als ich mich, auf dem Bauch liegend, mit schweißnassen Händen in den rettenden Flur zog, durch ein Spalier Beifall klatschender Senioren, mein Handy zwischen den Zähnen.

Wieder in meinem Zimmer, rief ich Dr. Flimmich an. Es sei doch ganz unterhaltsam hier, sagte der, eben sei über ihm in der Hotelhalle sogar ein Clown aufgetreten. Aber leider, er müsse bald gehen, ein anderer Termin. Ich bat um Geduld, der Taxifahrer sei erst beim falschen Hotel gewesen, aber nun fahre er wie der Teufel. Gerade zog ich ein noch nicht durchgeschwitztes Hemd an, als es auf dem Flur polterte. Ich spähte durch den Türspion.

Ein Hotelangestellter lud gegenüber einen großen Koffer ab.

«Das ist deine Chance», insistierte Oliver, der in diesem Moment anrief, um zu hören, was aus mir geworden war. «Was hast du noch zu verlieren?»

«Entschuldigen Sie», sagte ich, auf den Gang heraustretend, zum Kofferträger und zeigte in Richtung des anderen Flurendes. «Ich habe von dort Schreie gehört. Schreckliche Schreie!»

Er wurde bleich und begann, in die Richtung zu laufen.

Ich schleifte den Koffer in mein Zimmer, öffnete ihn, warf die Frauenkleider in meine Badewanne, nahm etliche Drinks aus der Minibar und rief die Rezeption an: Man möge dringend ein großes Gepäckstück vor Zimmer 612 abholen und in die Lobby bringen. Dann trug ich den Koffer in den Flur, kauerte mich hinein und zog den Deckel ins Schloss.

Es ging erstaunlich gut. Nach kurzem Geschaukel hörte ich um mich herum die Geräusche der Hotelhalle. Der Koffer wurde abgestellt.

Ich wollte den Deckel öffnen.

Es ging nicht.

Ich versuchte es mehrere Male, immer hektischer.

Nach einiger Zeit kam es mir vor, als sei es in der Lobby leiser geworden. Nein, als sei die Lobby völlig ausgestorben.

Dann klingelte das Handy in meiner Hosentasche. Es war Dr. Flimmich.

«Falls Sie doch noch kommen», begann er mit unterkühlter Stimme, «ich wollte Bescheid geben, dass ich nun am Hinterausgang des Hotels stehe. Sicherheitskräfte haben die Halle geräumt, wegen eines verdächtigen herrenlosen Koffers …»

Das Sprengkommando hörte mich gerade noch rechtzeitig.

# Härtetest

**Es fing** damit an, dass ich nicht mehr richtig schlafen konnte. Dann kamen die Rückenprobleme. «Es geht nicht mehr», sagte ich eines Nachts und setzte mich auf. «Wir brauchen neue Matratzen.»

Meine Liebste wurde blass und sagte, so lange sei es doch nicht her, seit wir die jetzigen gekauft hätten, und sie schlafe hervorragend. Ich wusste, dass sie nicht die Wahrheit sagte. «Du weißt, was passiert, wenn man auf schlechten Matratzen liegt», sagte ich. «Man kann sich nicht erholen, hat Schmerzen, ist unkonzentriert und nicht leistungsfähig. Willst du, dass ich unkonzentriert bin und nicht leistungsfähig?» Sie seufzte.

Am Samstag fuhren wir zum Möbel- und Bettenmarkt. In der Matratzenabteilung lagen gut zwanzig Testmatratzen. Der einzig sichtbare Möbelmarktmitarbeiter tippte verzweifelt auf einer Kasse herum, umringt von Trauben genervter Kunden.

Ich warf meine Jacke ab und begann einen zwanglosen Schnelldurchlauf im Probeliegen. Bald merkte ich, dass alle Matratzen ähnlich waren.

Nach einer Stunde hatte ich noch siebzehn Modelle in der engeren Wahl.

Meine Liebste fragte, ob es darunter nicht wenigstens ein Exemplar gebe, das sich ungefähr so anfühle, wie unsere jetzigen Matratzen sich früher angefühlt hatten. «Nein», sagte ich, «aber das ist kein Wunder: Die Matratzenhersteller bringen ständig neue Modelle mit neuen Materialien in neuen Zusammensetzungen heraus, um die Kunden zu teuren Fehlkäufen zu verleiten.»

Meine Liebste setzte eine energische Miene auf und marschierte davon. Nach einiger Zeit kam sie zurück, im Schlepptau den Verkäufer sowie fünf Kunden, die sich nicht abschütteln ließen. Der Verkäufer sagte mit leiernder Stimme, eine geeignete Matratze finde man am besten durch gründliches Probeliegen, ausschließlich hier, denn nach dem Kauf sei leider kein Umtausch mehr möglich, wofür wir sicherlich Verständnis hätten.

Ich fragte, welches Modell er empfehlen könne. Der Verkäufer schüttelte ratlos den Kopf.

Ich fragte, ob er wenigstens ein bestimmtes Material empfehlen könne. Der Verkäufer sagte, er habe zu Hause zwar zufälligerweise selber eine Matratze, wisse aber nicht, was für eine und ob sie gut sei. Deshalb empfehle er uns, einen frischen Lattenrost oder besser gleich ein frisches Bett dazuzunehmen; es gebe da ein paar Sonderangebote, mit denen man nichts falsch machen könne.

Ich bat ihn dringend, den Marktleiter zu holen. Wir starteten derweil per Handy unter überraschten Freunden und Verwandten eine telefonische Kurzumfrage zu bevorzugten Matratzenmaterialien. Es kristallisierte sich eine klare Mehrheit für Latex oder Schaumstoff heraus. Erleichtert studierten wir die Informationstafeln zu den Testmatratzen: Alle siebzehn zur Wahl stehenden Exemplare bestanden aus Latex und / oder Schaumstoff. Aus den Tafeltexten ging weiter hervor, dass sich jede einzelne dieser Matratzen dem Körper hervorragend anpasse und nach allerneuesten Standards gefertigt sei.

Meine Liebste schlug vor, unter diesen Umständen die Auswahl radikal abzukürzen und die billigste zu nehmen. Ich wandte ein, man müsse sich darüber klar sein, dass diese Texte von gewieften Verkaufspsychologen verfasst worden seien, mit dem Ziel, selbst die schlechteste Matratze an den Mann zu bringen.

Meine Liebste schlug vor, dann eben die teuerste zu nehmen.

«Woher weißt du, dass die teuerste Matratze tatsächlich die beste ist?», fragte ich. «Was, wenn diese Verkaufspsychologen ausgerechnet die schlechteste Matratze zum höchsten Preis anbieten?»

Sie warf ein, das sei doch absurd.

«Vielleicht», sagte ich, «vielleicht auch nicht. Willst du wirklich, berufsmäßigen Halsabschneidern blind vertrauend, die teuerste Matratze nehmen, auf den nächsten Urlaub verzichten, damit wir sie uns leisten können – und dann, in wenigen Wochen, übernächtigt, gekündigt und am Rande eines Herzinfarkts, wird dir mit Entsetzen klar, dass es die falsche war?»

Sie schüttelte langsam den Kopf.

Wir begannen einen gemeinsamen zweiten

Testdurchgang und diskutierten dabei besonders die Frage des idealen Härtegrades. Ich war mir sicher, dass es besser sei, hart zu schlafen; meine Liebste dagegen hatte gelesen, dass es besser sei, genau das nicht zu tun. Die Informationstexte gaben darauf keine Antwort; die Großfamilie, die schon seit Stunden neben uns testete, fand beide Möglichkeiten plausibel und geriet darüber in Streit. Wir unternahmen eine zweite telefonische Umfrage mit dem Ergebnis, dass es ideal sei, einfach die Matratze zu nehmen, auf der man sich am wohlsten fühle.

Dem schloss sich auch der inzwischen erschienene Marktleiter an. Er bedauerte sehr, uns nicht weiterhelfen zu können: sämtliche Verkäufer seien Aushilfen oder Vertretungen, er selber auch.

Während wir im Möbelmarktrestaurant zwei Cola light und zwei Mittagsgerichte herunterstürzten, kreisten wir das Phänomen des Wohlfühlens systematisch ein. Als wir wiederkamen, stellten wir erleichtert fest, dass eine der in der engeren Auswahl verbliebenen fünfzehn Matratzen inzwischen verschwunden war. Sie sei ausverkauft, verriet uns ein älteres Ehepaar, das mit Decken und Büchern angeblich schon seit Tagen von Matratze zu Matratze zog und nichts dagegen hatte, an unserer Testreihe teilzunehmen: In jeweils zwei Durchgängen pro Matratze vergaben wir auf Weiche, Härte, Dicke, Dünne, Bequemlichkeit und Dauerliegewunsch Punkte von eins (indiskutabel) bis fünf (hervorragend) und hielten die Ergebnisse in einer Tabelle fest. Dann unternahmen wir Gegentests mit verbundenen Augen. Sicherheitshalber baten wir auch die Großfamilie und ein englisches Paar, das nach Kühlschränken suchte, um je eine weitere Testreihe.

Bei der Auswertung zählte ich unsere Bewertungen doppelt, die Fremdbewertungen einfach. Als ich die Ergebnisse auf Deutsch und Englisch verlas, brandete unter den Umstehenden, darunter auch der Verkäufer, spontan Applaus auf: Es gab sechs Spitzenmodelle, drei Matratzen rangierten am unteren Ende der Skala, der Rest im Mittelfeld.

Dann hatte meine Liebste einen beunruhigenden Gedanken. «Was», sagte sie, «wenn die Testmatratzen hier schon viel zu lange liegen, wenn sie vom tausendfachen Testen schon so ausgeleiert sind, dass das Testergebnis verfälscht wird.»

Der Verkäufer war verschwunden, aber hinter einem Kleiderschrank fanden wir den Marktleiter. Auf die Frage nach dem Alter der Testmatratzen zuckte er nur die Schultern und wich meinem Blick aus. Ich forderte frische Matratzen. Er bot uns zwei Wäschefrisch-Lavendelsäckchen an. Ich lehnte empört ab. Er erhöhte auf vier.

Ich kündigte an, den Kaufvorgang abzubrechen, das Gleiche würden die Großfamilie, das ältere Ehepaar und sämtliche Engländer tun. Außerdem würde ich über das nächstbeste Kassenmikrophon alle potenziellen Matratzenkäufer im Möbelhaus über den Testmatratzenskandal informieren sowie Flugblätter auf der Straße und an die örtliche Presse verteilen.

Zwanzig Minuten später waren neue Testmatratzen da.

Wir lagen auf den sechs in unserer Endauswahl verbliebenen Modellen konzentriert Probe, so lange, bis ich hochschreckte und bei einer eine kaum merkbare leichte Unebenheit in Wadenhöhe feststellte. Meine Liebste sortierte eine weitere Matratze aus, deren Farbe nicht zu unserem Bettgestell passte. Kurz darauf erschien ein Herr mit wirrem Haar und tiefen Augenringen, zückte ein Messer und stach wortlos auf eine der drei restlichen Matratzen ein. Dann ging er erhobenen Hauptes davon.

Bei den zwei übrigen Exemplaren bemerkten wir beim besten Willen keinen qualitativen Unterschied, möglicherweise auch, weil unsere Rücken vom Dauertesten zu schmerzen begonnen hatten. Als letztes K.o.-Kriterium nahmen wir den Preis zu Hilfe. Er war bei beiden gleich. «Was sollen wir tun?», fragte ich verzweifelt. Meine Liebste antwortete nicht, sie war vor Erschöpfung eingeschlafen. «Ich weiß es nicht», flüsterte sie, als ich sie wachgerüttelt hatte, «lass uns eine von beiden nehmen! Irgendeine!» – «Und wenn es die falsche ist?», zischte ich sie an.

Der Ladenschluss-Gong ertönte. Das Wachpersonal brauchte einige Zeit, bis es meinen Griff um die Testmatratze gelöst hatte.

In dieser Nacht schliefen wir wieder auf unseren alten Matratzen. Wir schliefen himmlisch.

195
4
KOMFORT

# Hungerstrecke

**In** der ersten Klasse der Bahn ist es schön. Es kommt selten vor, dass auf dem reservierten Platz ein Kerl sitzt, der sich weigert aufzustehen. Ebenso selten lagern Reisende mit feucht riechenden Rucksäcken in solchen Massen auf dem Boden, dass man nicht mehr zur Toilette kommt. Und es gibt weniger Reisegruppen aus Berlin, die auf dem Tisch, an dem man versucht, die Tasten eines Laptops zu treffen, Karten kloppen. Alles ist gut, solange man keinen Hunger bekommt.

Neulich bekam ich Hunger. Es war kein flüchtiger Hunger, der nach dem letzten Rest Schokolade aus dem Koffer wieder verschwunden wäre. Es war unerbittlicher Hunger. Ich war froh, als die Kontrolleurin auftauchte, mein Ticket stempelte und nachlässig fragte: «Darf es etwas aus dem Restaurant sein?»

Sie blieb überrascht stehen, als ich spontan «Ja, gerne!» sagte.

«Was möchten Sie denn?», fragte sie, leicht argwöhnisch.

Ich erkundigte mich, was es gebe.

Sie blies die Backen auf. Offenbar hielt sie mich allmählich für einen schwierigen Fahrgast.

«Ich bringe Ihnen eine Speisekarte, wenn ich mit allem durch bin», sagte sie und wollte sich schon entfernen.

«Warten Sie bitte», erwiderte ich, denn ich befürchtete, dass sie nicht mehr zurückzukehren würde, «bringen Sie mir doch bitte einen Tee und ein Käsebrötchen.»

«Ein Brötchen mit Käse?», fragte sie.

«Haben Sie so etwas?», fragte ich, bemüht, keinesfalls arrogant zu klingen; zu Kundenfreundlichkeit gezwungene Bahnmitarbeiter sind sehr empfindsam.

«Wir haben da eine Käsecreme», sagte sie, «dazu gibt es Zwiebeln und Paprika.»

Ich erkundigte mich, ob ich die Creme auch ohne Zwiebeln und Paprika bekommen könne. Sie murmelte etwas und verschwand, während Mitreisende versuchten, ihr weitere Bestellungen zuzurufen.

Gut 15 Minuten später kam sie zurück.

«Es geht nicht ohne Zwiebeln und Paprika», sagte sie. «Die sind zusammen mit der Käsecreme in der Packung, und wenn man die öffnet, fällt alles aufs Brötchen. Tut mir Leid.»

Damit wollte sie gehen; offenbar betrachtete sie das mit meinem Hunger als erledigt. Ich hielt sie mit der Frage auf, was man denn sonst noch aufs Brötchen legen könne, aber dazu fiel ihr so wenig ein, dass sie wieder mit der Speisekarte drohte.

«Gibt es wirklich keinen anderen Käse?», fragte ich schon leicht verzweifelt.

«Doch, natürlich», sagte sie ungeduldig. «Käsescheiben!»

Ich verkniff mir die Frage, warum sie mir zuerst eine Creme angeboten habe, und die Frage nach den Käsesorten im Angebot verkniff ich mir erst recht. «Bitte», sagte ich, «bitte bringen Sie mir ein Brötchen mit Käsescheiben! Oder besser zwei. Und denken Sie an meinen Tee?»

Sie deutete ein Nicken an und ging weiter.

Wieder 15 Minuten später, mein Magen hatte ein- oder zweimal laut geknurrt, tauchte sie mit leeren Händen auf. Thunfischsandwiches seien aus, beschied sie einer Mitreisenden, die empört wissen wollte, warum sie das erst jetzt erfahre, nicht schon vor 45 Minuten, als sie ein solches Sandwich bestellt habe. «Da waren sie noch nicht aus», erwiderte die Zugbegleiterin kurz.

«Entschuldigen Sie», erinnerte ich sehr freundlich, als sie wieder mal vorbeikam, diesmal aus der anderen Richtung, «ich hatte einen Tee und zwei Käsebrötchen bestellt …»

«Der Tee ist ein Warmgetränk, das dauert länger», belehrte sie mich. «Und die Käsebrötchen muss die Küche extra für Sie machen, das steht normalerweise gar nicht auf der Karte. Ein bisschen Geduld also bitte.»

Sie ging weiter.

Er habe Kaffee bestellt, rief ihr ein älterer Herr nach, schon vor langer Zeit. Eine Frau schimpfte, es könne doch nicht Stunden dauern, ein stilles Wasser heranzuschaffen, zumal dies die erste Klasse sei und sie dafür bezahle.

Stilles Wasser, erwiderte die Schaffnerin herablassend, gebe es schon lange nicht mehr, das sei auf dieser Strecke immer so. Und Kaffee sei eben ein Warmgetränk.

«Wie lange dauert es denn noch?», rief der ältere Herr. Sie ging, ohne ihn einer Antwort zu würdigen.

Mein Magen knurrte mittlerweile so laut, dass meine Sitznachbarn es hören mussten.

«Entschuldigen Sie», begann ich erneut, als die Schaffnerin nach endlosen Minuten wiederkam, nach wie vor ohne Essen oder Getränke, «ich hatte etwas bestellt.»

«Ich sagte doch: Das dauert!», sagte sie, die Frau ohne stilles Wasser ignorierend, die nun versuchte, einen Apfelsaft zu ordern. «Ich bringe es Ihnen, wenn es so weit ist.»

«Danke», sagte ich sehr freundlich. «Und sagen Sie: Wie lange wird es denn ungefähr noch dauern?»

Ihre Miene vereiste.

«Ich meine nur», beeilte ich mich zu sagen, «wenn es etwas gibt, das schneller geht als Käsebrötchen, dann nehme ich das selbstverständlich auch gerne.»

Ihr Gesichtausdruck wurde noch finsterer.

«Sie wollen Ihren Sonderwunsch, für den ich in der Küche ein gutes Wort eingelegt habe, zurückziehen?», fragte sie, jede Silbe betonend.

«Nein, das will ich selbstverständlich nicht», sagte ich. «Es ist nur so: Ich habe wirklich großen Hunger. Glauben Sie, die Küche könnte sich etwas beeilen?»

Die Schaffnerin bat nochmals um meine Fahrkarte, warf einen kurzen Blick darauf und reichte sie mir zurück.

«Bis Sie aussteigen, ist doch noch genug Zeit!», sagte sie.

«Aber ich bin jetzt hungrig, nicht erst in dreieinhalb Stunden!», erklärte ich, noch immer um Freundlichkeit bemüht.

Sie schüttelte den Kopf. «Ich habe jede Menge Bestellungen, Sie müssen schon warten, bis Sie an der Reihe sind.» In ihren Augen glomm Triumph. «Es steht Ihnen natürlich frei, unsere Beschwerde-Hotline anzurufen und Ihren Frust abzulassen über unsere ungenügende Personalsituation», fuhr sie genüsslich fort, «wir sind heute nämlich nur zu zweit im Service und haben so viel zu tun, dass wir es beim besten Willen nicht schneller schaffen.»

Ich stand auf. Mir war ein einfacher Ausweg aus diesem absurden Dilemma eingefallen.

«Lassen Sie es gut sein mit der Bestellung»,

sagte ich, «ich gehe und hole mir meine Sachen selber.»

«Das wird Ihnen nichts nützen.» Ihr Tonfall war schneidend. «Heute ist auch die Küche unterbesetzt. Davon abgesehen sind zu wenig Speisen geliefert worden, also haben meine Bestellungen für die erste Klasse Vorrang vor den Bestellungen der Laufkundschaft. Es geht für Sie also am schnellsten, wenn Sie hier warten.»

Ich warf einen Blick zur gläsernen Abteiltür, hinter der sich Trauben von Menschen mit offensichtlich feucht riechenden Rucksäcken drängten. «Wenn Sie mir nicht glauben», sagte die Schaffnerin herausfordernd, «gehen Sie doch und versuchen Sie es! Ich wäre in diesem Fall allerdings gezwungen, alle anderen Bestellungen Ihrer vorzuziehen.»

Langsam setzte ich mich wieder.

Sie schritt davon und schob die Frau ohne Wasser und Apfelsaft beiseite, die ihr den Weg versperrte und «Bringen Sie mir ein Getränk, egal, was, bitte!» rief.

Wenn ich längere Zeit Hunger habe, bekomme ich Unterzucker. Unterzucker schadet dem Gehirn, und ich brauche mein Gehirn.

«Entschuldigen Sie», wandte ich mich an meine Mitfahrer, «ich habe schrecklichen Hunger. Könnte mir jemand von Ihnen vielleicht mit etwas aushelfen? Mit irgendetwas?»

Die um mich herum Sitzenden senkten den Blick oder sahen so beschäftigt aus dem Fenster, als hätte ich sie um Drogen gebeten.

«Ich würde selbstverständlich bezahlen», beeilte ich mich hinzuzufügen, «ich würde gut bezahlen! Für alles. Selbst für ein altes Brötchen mit stinkendem Tilsiter.»

Eine Frau schräg hinter mir kramte raschelnd eine fast leere Kekstüte hervor. Ich wandte mich ihr zu, ein dankbares Lächeln im Gesicht. Sie stopfte sich die restlichen Kekse in den Mund und schluckte hastig, ohne zu kauen.

Ich bin sonst kein kriecherischer Mensch, aber ich war fest entschlossen, diese Zugfahrt zu überleben. Als die Schaffnerin das nächste Mal vorbeikam, gut zwanzig Minuten später und natürlich mit leeren Händen, lächelte ich sie strahlend an. Sie winkte barsch ab. «Ihre Käsebrötchen, das dauert. Und bei Ihrem Tee muss ich warten, bis eine Tasse zurückkommt. Wir haben heute zu wenig Geschirr dabei.»

«Das macht doch nichts», erwiderte ich und lächelte noch breiter, «ich würde den Tee auch aus einem Glas oder aus irgendeinem Pappbecher trinken, aber ich weiß, dass Sie natürlich Ihre Vorschriften haben, und die sind wichtiger.»

Sie maß mich mit misstrauischem Blick.

«Es ist sehr traurig, dass all diese unzufriedenen, schlecht gelaunten Fahrgäste Probleme haben, das zu akzeptieren!», fuhr ich fort. «Ich werde auf jeden Fall die Hotline anrufen und erzählen, wie hervorragend Sie Ihren Job machen. Obwohl Sie so unterbesetzt sind!»

Sie nickte langsam, zunehmend erfreut über so viel Verständnis. Meine Sitznachbarn durchbohrten mich mit hasserfüllten Augen, vor allem die Frau, die nichts zu trinken bekommen hatte und gerade von der Toilette zurückgekehrt war. Aber meine Sitznachbarn hatten mir nichts zu essen gegeben.

«Sollten Sie übrigens Hilfe benötigen, einen Freiwilligen für die Küche zur Herstellung von Käsebrötchen beispielsweise, würde ich mich gern dazu bereit erklären», schloss ich.

Ein junger Mann mir gegenüber bekam einen

hysterischen Lachanfall. Mit einem Blick brachte ihn die Schaffnerin zum Schweigen.

«Das ist nicht gestattet», sagte sie zu mir mit einem Anflug von Freundlichkeit. «Sie sind nicht versichert: Was macht die Bahn, wenn Sie von randalierenden Fahrgästen verletzt werden?»

Mit verschwörerischer Geste winkte ich sie näher zu mir.

«Schade», raunte ich, «dann möchte ich Ihnen wenigstens ein ordentliches Trinkgeld für den netten Service geben. Und warum warten, bis meine Käsebrötchen kommen, ich kann Ihnen das Geld auch jetzt sofort geben, das macht wirklich keinen Unterschied. Darf ich?»

Mit vor Schwäche zitternden Fingern griff ich in meinen Geldbeutel und zog einen Schein heraus, für den ich unter menschenwürdigen Bedingungen ein ganzes Menü bekommen hätte. «Nehmen Sie», sagte ich lächelnd, als sie Anstalten machte abzuwehren, «nehmen Sie alles! Wenn ich verhungert bin, wozu brauche ich dann noch Geld?»

«Die Käsebrötchen», rief die Schaffnerin und schlug sich vor den Kopf, «die hätte ich ja fast vergessen. Ich seh gleich mal nach!»

Ein paar Meter weiter drehte sie sich nochmal um.

«Junger Mann», rief sie in schneidendem Tonfall. Der Fahrgast, der eben noch hysterisch gelacht hatte, drehte den Kopf.

«Ihr Würstchenteller ist aus!», rief sie. Das *aus* klang wie ein Peitschenhieb.

Der junge Mann wurde blass. «Aber …», begann er, «woher wollen Sie das jetzt wissen, das kann doch nicht sein, kann ich wenigstens etwas anderes bestellen, irgendwas, hallo …»

Doch sie war schon gegangen.

«Schleimer!», fauchte der junge Mann in meine Richtung. «Widerlicher Schleimer!» Mit immer schnelleren Bewegungen begann er, erst seine Reisetasche, dann den Tischabfallbehälter zu durchwühlen.

Ich vertiefte mich in meine Zeitung, was nicht leicht war, weil die Zeilen vor meinen unterzuckerten Augen verschwammen und die Frau, die auf der Toilette gewesen war, sich unter leisem Wimmern den Bauch hielt. Ich dachte immer wieder daran, dass die Zugbegleiterin wiederkommen würde, in der Hand einen Teller mit Käsebrötchen, die teuersten Käsebrötchen meines Lebens, aber auch die leckersten, ich merkte, wie ich gierig schluckte …

«Hören Sie!», sagte die Schaffnerin. Sie stand vor mir, in der Hand – nichts.

Ich sah sie an, ohne zu begreifen.

Ihre Schicht ende bald, wiederholte die Schaffnerin, und das mit den Käsebrötchen sei für sie beim besten Willen nicht mehr zu schaffen.

Sie drückte mir einen Gutschein für ein Getränk meiner Wahl in die erstarrende Hand; einlösen müsse ich ihn allerdings selber. «Danke!», stammelte ich.

Der Speisewagen, den ich torkelnd erreichte, war leer. Am Tresen stand ein gelangweilter Schnellkoch, vor sich einen dampfenden Würstchenteller, über den ich wortlos herfiel.

«Haben Sie eigentlich», erkundigte sich der Schnellkoch, als ich fertig war, «in diesem Zug heute schon die Schaffnerin gesehen?»

# Ja mei!

**Nach** den Erfahrungen der letzten Jahre suchten wir für diesen Urlaub eine einfachere, rustikale Unterkunft.

Wir fanden eine kleine Ferienwohnung in einem Bauernhof an einem wunderschönen See. Der Bauernhof war älter, das Mobiliar auch, nur die Bäuerin, Frau Aufhuber, machte einen sehr selbstbewussten Eindruck. Sie redete sehr laut, eigentlich brüllte sie.

«Ach was», sagte meine Liebste. «Sie ist ein herzensguter Mensch. Mach dir keine Gedanken, sonst verkrampfst du dich nur unnötig.»

Dann kam jener erste Urlaubsmorgen, an dem wir mit vier wildfremden Mitgästen aus Frankfurt am Tisch im kleinen Frühstückszimmer saßen.

Es gibt Menschen, die können sich übers Wetter unterhalten und ganz nebenbei ein Brötchen mit flüssigem Honig so in den Mund schieben, dass es nicht kleckert. Ich gehöre nicht zu diesen

Menschen. Hinter vorgehaltener Hand schob ich meinen Teller über den Fleck auf der Tischdecke, kurz bevor Frau Aufhuber hinter mir sagte: «So, hier ist das Rührei. Ich nehme Ihnen die alten Teller ab.»

Ich schloss unwillkürlich die Augen. Tatsächlich, Frau Aufhuber besaß keinerlei Taktgefühl.

«Ja mei!», trompetete sie. «Was ist denn da passiert? Heute Morgen erst habe ich die neue Tischdecke aufgelegt!»

Sie fischte einen Lappen aus ihrer Schürzentasche und bearbeitete das Tischtuch vor mir, meine gestammelte Entschuldigung völlig ignorierend. «Sie müssen unbedingt um den Walchensee wandern», lenkte meine Liebste die anderen Gäste schnell ab. «Es ist ganz herrlich dort!»

Im weiteren Verlauf des Frühstücks verzichtete ich auf riskanten Honig und Marmelade und nahm als Brötchenauflage kautschukartige, gut haftende Käsescheiben. Erfolgreich, bis zu dem Moment, in dem meine Liebste mich fragte, in welcher Richtung eigentlich die Hauptstraße sei.

Ich zeigte spontan nach rechts. Zu spontan.

Die Frankfurter sprangen hoch, als der Kaffee über den Tisch schwappte. Frau Aufhuber eilte sofort herbei.

«Ja, sagen Sie mal», rief sie in Bühnenlautstärke, «jetzt muss ich die Decke ja doch waschen! Keinen halben Tag hat die gehalten! Also manche Gäste …»

Ich versuchte wieder eine Entschuldigung, aber sie hatte schon damit begonnen, das Tischtuch Stück für Stück unter unserem Frühstücksgeschirr hervorzuzerren. Also erhob ich mich, wir waren ohnehin fertig.

Ein dummer Zufall wollte es, dass sich dabei mein Fuß irgendwie im Tischtuch verwickelte und eine Tasse samt Untertasse klirrend auf dem Holzboden zerbrach.

«Ja sakradi!», rief Frau Aufhuber. «So ungeschickt auf einmal kann doch kein Mensch sein! Wollen Sie mich ärgern?»

«Hören Sie», sagte ich, «ich kann Ihnen versichern, es war keine Absicht, es war ein Unglück. Es tut mir Leid, selbstverständlich ersetze ich Ihnen den Schaden und kaufe eine neue Tasse.»

«Schön wär's!», posaunte Frau Aufhuber. «Die

Tasse war dreißig Jahre alt. Die stammt noch von meiner Tante. Die kann man nicht mehr kaufen!»

«Vielleicht können wir den Verlust der Tasse, wenn auch nicht den ideellen, doch irgendwie ausgleichen?», fragte meine Liebste.

«Lassen Sie es gut sein», seufzte Frau Aufhuber und schob die Scherben mit dem Fuß zusammen. «Was ist eine dreißig Jahre alte Tasse denn heute noch wert?» Es klang, als hätte ich die Urne ihrer Tante zerbrochen.

Wir gingen, freundlichst grüßend; die Frankfurter, verkrampft auf der Eckbank sitzend, wagten nicht zu antworten.

«Morgen frühstücken wir bei uns», sagte meine Liebste, als wir die Treppe hoch in unsere Wohnung stiegen. «Warum musst du im Urlaub immer ungeschickt sein?»

«Ich bin gar nicht ungeschickt», protestierte ich. «Ich bin froh, dass ich Urlaub habe, ich bin entspannt – und dann passiert immer etwas. Ich weiß auch nicht, warum.»

In der Küchenzeile unserer Ferienwohnung befand sich bunt zusammengewürfelter Hausrat, darunter ein paar Tassen, die so ähnlich aussahen wie die Erbtasse vom Frühstückstisch, und ein uralter Korkenzieher mit einer lockeren Schraube. Er zerbrach, als ich versuchte, die Schraube wieder ins Gehäuse zu drücken. Später am Tag kam ich dazu, als meine Liebste die mutmaßlichen Erbtassen heimlich oben auf dem Hängeschrank in Sicherheit brachte.

«Ach», rief sie, die Tassen mit dem Arm verdeckend, und streckte mir eine kleine Glaskanne entgegen, «hättest du Lust, bei Frau Aufhuber schnell die Milch für morgen früh zu holen?»

«Wollten wir nicht sowieso einkaufen fahren?», fragte ich.

«Aber doch nicht Milch, die gibt es hier im Kuhstall, viel bessere als im Geschäft», sagte sie.

Ich wollte nicht wirken wie ein Feigling, und immerhin waren wir zahlende Gäste.

Um Frau Aufhuber zu finden, musste ich nur dem Geschrei nachgehen. Sie saß in der Küche am Tisch und telefonierte; es ging um ihren stromgesicherten Weidezaun, an dem ein Touristendackel beim Pinkeln verendet war.

Ich wollte mich gerade zurückziehen, meiner Liebsten sagen, dass Frau Aufhuber absolut keine Zeit habe, und später im Supermarkt ganz in Gedanken doch Milch mitnehmen, aber da entdeckte sie mich und die Kanne in meiner Hand und befahl mir mit einer Handbewegung, in den Raum nebenan zu gehen.

Dort stand ein riesiger Bottich mit gekühlter Milch und einer Schöpfkelle. Es ist nicht leicht, eine gläserne, sich beschlagende Milchkanne mit einer Hand zu halten und sie mit der anderen mit eiskalter Milch zu füllen. Zumindest nicht für jemanden wie mich. Als die Kanne fast voll war, rutschte sie mir aus der Hand, patschte in den Milchbottich und sank sofort. Ich hielt inne. Nebenan, am Telefon, diskutierte Frau Aufhuber engagiert die Frage, warum in all den Jahren kein einheimischer Hund das tragische Schicksal des Touristendackels geteilt habe.

Ich sah mich um und entdeckte auf einem Regal eine ähnliche Glaskanne. Es gelang mir, sie ohne Zwischenfall zu füllen.

Erleichtert verließ ich die Kammer, huschte an der Küche vorbei, trat im halbdunklen Flur auf etwas Weiches, Aufschreiendes, Wegspringendes, stürzte, und die Glaskanne zerbarst mit dumpfem Knall.

Das Licht ging an, eine Katze mit gesträubtem Fell sprang um die Ecke, dann war Frau Aufhuber schon da. Sie starrte entgeistert auf mich und die in den Teppich sickernde Milch und holte tief Luft.

«Die Katze war schuld», sagte ich, mich aufrappelnd, «da war gerade noch eine Katze, ich habe sie genau gesehen …»

Frau Aufhuber schlug die Hände zusammen.

«Jessas, was tun Sie da?», jammerte sie. «Ich habe den Läufer erst reinigen lassen. Und mein Mann hat noch gesagt: Lass es, die Tiere und die Hausgäste machen eh wieder alles schmutzig!»

«Frau Aufhuber, ich bezahle selbstverständlich die Reinigung. Und die Kanne», sagte ich mit bemüht fester Stimme. «Ich möchte mich aber deswegen nicht demütigen …»

Frau Aufhuber war jedoch schon davongestürzt und mit Wasser und Putzlappen wiedergekommen. «So viel Ungeschick», schalt sie wischend, dass alle im Haus es hören konnten, «so viel Ungeschick auf einmal! Ein erwachsener Mann! Was sind Sie um Gottes willen von Beruf?»

«Sie meint es nicht böse», sagte meine Liebste, als sie mir oben die Knie verpflasterte. «Sie sagt nur, was sie denkt. Das ist doch wenigstens ehrlich, oder?»

Als wir vom Einkaufen wiederkamen, versuchte ich, Frau Aufhuber eine kleine Summe in die Hand zu drücken, für Glaskanne, Teppich und Tanten-Tasse, aber sie weigerte sich in höchster Lautstärke, das Geld anzunehmen. «Das alte Zeug war eh nix mehr wert! Und die zusätzliche Arbeit: Wir arbeiten hier eh schon rund um die Uhr. Wissen Sie, wann ich das letzte Mal Urlaub gemacht habe? Vor zwei Jahren sind wir für einen Tag zu unserem Neffen gefahren. Aber schon mittags mussten wir umkehren, weil die Kuh zu kalben anfing!»

Schweigend kehrten wir in unsere Ferienwohnung zurück. Meine Liebste suchte die Zimmer ab und verstaute nun ganz offen zwei antike Blumenvasen und zwei möglicherweise antike Glaszahnputzbecher außerhalb meiner Reichweite auf dem Hängeschrank. Dann entdeckte sie den kaputten Korkenzieher im Mülleimer.

«Bitte versprich mir», sagte sie, «dass du dich ab jetzt zusammennehmen wirst. Und, bitte, ich möchte jetzt wenigstens den restlichen Urlaubstag noch genießen!»

Es ist nicht leicht, sich auf dem Balkon mit einem Buch zu entspannen, wenn man erwartet, dass jede Minute eine brüllende Bäuerin auftaucht und einen wegen einer versenkten Milchkanne zur Rede stellt. Zwei-, dreimal klang die Stimme von Frau Aufhuber im Haus bedrohlich nahe, vermutlich wies sie andere Gäste zurecht. Beim vierten Mal rief mich meine Liebste von drinnen.

«Warst du das?», erkundigte sie sich und wies auf die hölzerne Küchenarbeitsplatte. Sie meinte den Kratzer, der sich quer über die Platte zog, genau dort, wo ich vorhin ein Stück Brot abgeschnitten hatte.

«Muss eine Arbeitsplatte so etwas nicht aushalten?», fragte ich, als wir im Auto saßen und in den nächsten Ort fuhren. Meine Liebste schwieg. Nach längerer Zeit hatten wir ein Möbelgeschäft gefunden, dessen Inhaber uns ein Wundermittel gegen Kratzer verkaufte. Wir nahmen im Haushaltswarenladen auch gleich einen Korkenzieher mit, ein Modell, das deutlich solider wirkte als das alte.

Es gelang mir, bis zum Abendessen so vorsichtig zu sein, dass nichts weiter passierte (der dunkle Fleck, der mir nach dem Schuheputzen an der Wand auffiel, war sicher schon vorher da gewesen), und wir fanden im Küchenschrank sogar zwei angeschlagene Weingläser, sodass wir auf unseren Urlaub anstoßen konnten.

Mein Glas zerbrach sofort.

«Weingläser», notierte meine Liebste lakonisch auf dem Einkaufszettel für morgen. «Und Tischdecke, weiß».

Als ich später unser Badetuch an den einzigen Handtuchhaken im Badezimmer hängen wollte, gab der lautlos nach.

«Handtuchhaken», notierte die Liebste.

Und nachdem wir den herrlichen Sternenhimmel genossen hatten, bemerkten wir beim Fensterschließen, dass sich die spröde Fliegengaze auf der einen Seite gelockert hatte.

«Nein!», sagte meine Liebste heftig zu mir. «Lass du die Hände davon. Lass mich das machen!»

Unter ihren Fingern löste sich die Gaze komplett vom Fensterrahmen und ließ sich auch nicht mehr befestigen.

«Fliegengaze», schrieb die Liebste, und weil sie schon dabei war, fügte sie «Toilettenbürste» hinzu, die alte war höchst erneuerungsbedürftig.

Als wir im Bett lagen, bemerkte meine Liebste, dass die knirschenden Geräusche, die wir in der vergangenen Nacht todmüde ignoriert hatten, von ihrem Lattenrost herrührten: Er war mehrfach durchgebrochen. Unter meiner Matratze befanden sich zwar vier solide Zaunplanken, die Liebste hielt es am nächsten Tag dennoch für besser, zwei neue Roste zu kaufen. «Die arme Frau Aufhuber», sagte sie, «so können wir ihr auch mal etwas Gutes tun.» Da sich der einzige Kochtopf der Ferienwohnung beim Eierkochen als nicht hitzebeständig erwiesen hatte und der Wasserkocher auch nicht funktionierte, bekamen wir im Haushaltswarenladen zwei der sechs neuen Weingläser umsonst dazu. Sicherheitshalber nahmen wir noch eine Toilettenbrille mit, die alte war uns bedenklich wackelig vorgekommen, und ein paar Handtücher; wir wollten nicht riskieren, dass den verschlissenen in unserer Ferienwohnung etwas passierte.

Kurz nachdem auch der Maler wieder abgefahren war, der die Spuren meiner nächtlichen Mückenjagd über- und der Einfachheit halber gleich die ganze Wohnung durchgestrichen hatte, stand Frau Aufhuber vor unserer Tür.

«Ich wollte nur fragen, ob Sie noch etwas brauchen», begann sie und drängte sich an uns vorbei. «Ja mei! Ja, ich glaub's nicht! Des wäre doch nicht nötig gewesen, um Gottes willen, die ganze Ferienwohnung sieht ja aus wie neu! Fast die ganze …» Einen Moment blieb sie vor der altersschwachen Duschkabine stehen.

«Bis jetzt sind wir ganz gut davongekommen», überschlug meine Liebste, als wir später auf einer Decke vor dem Haus saßen und über den See in die untergehende Sonne sahen, «kein Vergleich zum letztem Urlaub mit all dem teuren Hotelporzellan und den Klagen wegen Randaliererturm und Ruhestörung, die du nach dem zweiten Tag am Hals hattest. Oh, wir haben den Wein vergessen!»

«Ich hole ihn», sagte ich und sprang auf.

«Pass auf!», rief sie mir nach. «Denk an die Treppe, an die niedrigen Türen, die hohe Türschwelle …»

zu
sein
bedarf
es
wenig

Die Tür unserer Ferienwohnung stand offen, und als ich in unsere Küche trat, hörte ich ein Geräusch. Es kam aus dem Badezimmer.

Frau Aufhuber kniete auf dem Boden und sägte mit einem Fuchsschwanz an der alten Duschkabine herum.

Ich räusperte mich.

Frau Aufhuber fuhr hoch und ließ den Fuchsschwanz fallen.

«Ach, Sie sind es», stammelte sie errötend, «ich wollte, ich wollte …»

«Ja, was?», fragte ich und lehnte mich demonstrativ an die Duschkabine, die sofort in sich zusammenbrach.

«… ach, das macht doch nichts», fuhr Frau Aufhuber hastig fort, «ich wollte mich nur entschuldigen, dass ich so unfreundlich war. Und wollte fragen, ob Sie und Ihre Frau die restlichen zwei Wochen hier umsonst wohnen möchten. Und wenn Ihnen wieder mal etwas Ungeschicktes passiert – ja mei …».

Es wurde der günstigste Urlaub seit langem.

# Sieh sie nicht an, niemals!

**Neulich** kam mir auf dem Bürgersteig ein gut gekleideter Mann entgegen. Ich bin sicher, dass er mich gesehen hatte. Aber er steuerte auf mich zu, ohne sein Tempo zu verlangsamen, ohne nur ein bisschen aus dem Weg zu gehen. Ich konnte gerade noch zur Seite treten.

Einen Tag später, ich war im Supermarkt mit dem Einkaufswagen auf dem Weg zum Nudelregal, bog aus einem Seitengang eine Frau, ebenfalls mit Wagen, und donnerte in meine Richtung. Der Gang war so schmal, dass die Kollision unausweichlich war. In letzter Sekunde konnte ich hinter den Frühstücksflockenstand ausweichen.

Zu Hause prüfte ich vor dem Spiegel, ob ich leicht zu übersehen war. Ich war es nicht.

Am folgenden Tag kam mir beim Überqueren der Straße ein Pärchen entgegen. Weil ich eine schwere Tasche trug, konnte ich nicht schnell genug ausweichen, und als mich der Mann mit der Schulter rammte, zischte er auch noch eine Beleidigung.

Ich suchte im Spiegel nach etwas, das andere mich hassen ließ. Aber da war nichts Aggressives, im Gegenteil.

«Das ist es ja», sagte Marcus, ein Freund und Therapeut. «Du wirkst zu freundlich, zu wenig rücksichtslos. Das ist unzeitgemäß.»

Ich lachte über diesen Unsinn.

Später, in der Fußgängerzone, fiel mir auf, dass er vielleicht Recht hatte. Obwohl ich, ständig bemüht auszuweichen, im Strom der Entgegenkommenden hin- und hertaumelte wie ein gedoptes Huhn, musste ich 22 Schulterstöße und zwei Tritte einstecken. Von Leuten, die unbeirrt und erfolgreich ihren Weg gingen. Die gar nicht daran dachten, so lächerlich im Zickzack zu laufen wie ich.

«Es gibt zwei Arten von Fußgängern», erklärte mir Marcus, als wir uns in der Mittagspause trafen. «Rempler. Und Ausweicher. Gewinner und Verlierer. Die einen lassen es drauf ankommen, und die anderen weichen aus. Immer. Du bist ein Ausweicher.»

Ich protestierte, sprach von Ethik und menschlichem Miteinander, aber Marcus winkte lachend ab. «Entschuldige, ich muss los.»

Ich sah ihm nach, wie er unbehelligt durch die Menschen schritt, schnell und mit erhobenem Kinn, keinen Zweifel lassend, dass er alles andere als ein Ausweicher war.

Ich kopierte seine Haltung auf meinem Rückweg ins Büro. Aber nach hundert Metern begegnete mir eine gebrechliche Dame, um die ich anstandshalber einen Bogen schlug, und der junge Kaugummikauer, der mir als Nächstes entgegenkam, hatte das offenbar genau gesehen, denn so stramm ich ausschritt, so hoch ich das Kinn auch hob, er blieb auf Kurs. Zwar gelang es mir, dem Bodycheck durch eine schnelle Drehung zu entkommen, aber dann zwangen mich zwei von rechts querende Anzugträger zur Vollbremsung. Während ich noch Luft holte, stießen mich zwei Senioren mit federnden Bäuchen zur Seite.

«Für deine Verhältnisse ein ganz guter Versuch», sagte Marcus am Telefon. «Obwohl, scheinbar gebrechliche Damen gehören zu den raffiniertesten Remplern. Hast du sie angesehen?»

«Wen?», fragte ich.

«Alle, die dir entgegenkamen!», sagte Marcus.

«Ja», sagte ich.

«Das war ein Fehler», sagte Marcus. «Du darfst ihnen nie das Gefühl geben, dass du sie gesehen hast, dann erwarten sie, dass du ausweichst. Sieh nach links, nach rechts, wohin du willst. Aber sieh nicht sie an, niemals!»

Die Schaufenster auf meinem Nachhauseweg eigneten sich gut, um beim Gehen beiläufig hineinzusehen und zugleich sich nähernde Kontrahenten im Auge zu behalten. Allerdings, der Trick schien nicht neu zu sein. Ich verzeichnete zwei Fastkollisionen, eine davon mit einem sächselnden Gamsbartträger, der mich bis in einen Damenunterwäscheladen verfolgte, so aufgebracht, als sei nicht ich, sondern er ausgewichen.

Schließlich fand ich heraus, dass es besser war, wenn ich, vorgeblich telefonierend, mein Handy ans Ohr hielt und bei Bedarf zusätzlich gestikulierte, was genauso gut als Zeichen von Betrunkenheit wie von Gemeingefährlichkeit durchgehen konnte – für die meisten potenziellen Rempler zusätzlicher Anreiz, einen Bogen um mich zu schlagen.

Bis eine Frau auf mich zuhielt, die trotz bedeckten Himmels Sonnenbrille trug. Ich telefonierte, gestikulierte, aber aus den Augenwinkeln sah ich, dass sie umso entschiedener direkt auf mich zusteuerte. Als nur noch knappe zwei Sekunden blieben, entschied ich mich für den rettenden Seitensprung.

«Du musst weitergehen», kritisierte Marcus, nachdem wir den Vorfall ein paarmal in seiner Praxis nachgespielt hatten. «Du musst so tun, als seist du viel zu beschäftigt, um auszuweichen, und du musst weitergehen, immer weiter, so lange, bis der andere es tut.»

Ich memorierte seine Sätze vor dem Einschlafen und beim Frühstück, und als mir auf dem Weg zur Arbeit ein Koloss von Kerl entgegenstampfte, bei dem die Nummer mit dem Telefon nicht verfing, drehte ich mich zu einem hinter mir gehenden Paar um.

«Alles klar!», rief ich. «Schweinebraten ist gut! Ich mach die Knödel!»

Und tatsächlich, bevor mich die beiden fassungslos anstarren konnten, war der Fleischberg schon mit ärgerlichem Brummen beiseite getreten.

Ein Gefühl des Triumphs beflügelte mich, bis mir auf dem Nachhauseweg ein Lederjackenträger entgegenkam, der für mein Handy nur ein spöttisches Grinsen übrig hatte, und seinerseits *zwei* Handys zückte. Ich drehte mich um und rief einer konsternierten Frau mit Kind «Geht in Ordnung, okay!» zu, aber er legte den Kopf in den Nacken, schrie etwas zu den geschlossenen Bürofenstern im dritten Stock hinauf und ließ seine offenbar eigens für derartige Begegnungen gestählten Arm- und Schultermuskeln spielen. Kurz bevor wir uns touchierten, fauchte er auf und bleckte die Zähne.

Ich verfluchte mich innerlich dafür, dass ich die Nerven verlor und zur Seite hechtete.

Marcus, ich suchte ihn in seiner Praxis auf, musterte mich aufmerksam. Dann bat er mich, auf ihn zuzugehen, so nah ich konnte.

«Näher!», rief er. «Näher! Noch näher! Natürlich!»

«Was?», fragte ich.

«Du hast Angst», sagte Marcus. «Du hast unheimliche Angst vor einem Zusammenprall. Und das spüren geübte Rempler. Die wissen, dass du in letzter Sekunde ausweichen wirst. Du musst dich desensibilisieren.»

«Wie soll ich das machen?», fragte ich.

«Such engen Kontakt mit Unbekannten», sagte Marcus. «Lehn dich in der Warteschlange im Zeitungsladen an deinen Vordermann. Geh am Bahnsteig ganz dicht hinter jemandem her, und wenn er stehen bleiben will, schiebst du ihn weiter.»

«Und?», fragte ich. «Wie soll ich das den Leuten erklären?»

«Nichts», sagte Marcus. «Du guckst nur blöde, entschuldigst dich keinesfalls. Viele machen das so. Du wirst sehen: Nach ein paar Wochen hast du deine Sensibilität herabgesetzt – und strahlst das auch aus!»

«Das geht nicht», sagte ich kategorisch. «Ich bin berufstätig. Ich kann es mir nicht leisten, jeden Tag zusammengeschlagen zu werden.»

Wir einigten uns auf ein Ersatzprogramm. Zu Hause im Wohnzimmer übte ich mehrere Abende lang, mich der Stehlampe unerbittlich bis zum Crash zu nähern.

«Endlich», sagte Marcus nach der Generalprobe und hielt sich ein Taschentuch unter die blutende Nase. «Du kannst es! Jetzt geh auf die Straße und beweise es! Halte drauf, die anderen werden ausweichen!»

An diesem Tag strahlte mein Gesicht eine Entschiedenheit aus, dass mir alle schon von weitem Platz machten. Ich ging kreuz und quer durch ein paar belebte Seitenstraßen und den Hauptbahnhof, ohne auf den geringsten Widerstand zu stoßen. Ich durchquerte die Fußgängerzone, stürmte auf Jugendgangs und Reisegruppen zu, in der Hoffnung, einen zu finden, der versuchte, sich zu stellen, und mit dem ich verfahren konnte wie mit der Stehlampe. Niemand wagte es.

Schließlich bog ich in ein Kaufhaus ein, durchmaß die Parfum-, Kurzwaren- und Lebensmittelabteilung, streifte an den Regalen entlang auf Käufer zu, die allesamt zur Seite traten, steuerte Grüppchen Stehender an, die auseinander stoben, sobald sie mich sahen. Und dann, endlich, in der Hosenabteilung, kam mir ein jüngerer Mann entgegen, mit unangenehm hartem Gesicht und mit aggressivem, rollendem Gang, einem Gang, der besagte, dass er alles andere als ein Ausweicher war.

Mein Puls jagte nach oben, aber ich ließ mich nicht beirren. Ich sah nicht hin und hielt drauf, spannte all meine Muskeln an. Und als wir nur noch zwei, drei Meter voneinander entfernt waren, stieß ich ein gefährliches Grollen aus.

«Haben Sie keine Augen im Kopf?», fragte der Notarzt, als er mir die Spiegelscherben aus dem Gesicht sammelte.

# Nichts gegen Kinder

**Wir** hatten befürchtet, dass sie kommen würden, aber trotzdem war es ein Schock. Der kleine Junge imitierte dicht hinter mir das Geräusch eines tief fliegenden Kampfhubschraubers und trampelte mit wirbelnden Armen an unserem Tisch vorbei, mein Weinglas nur knapp verfehlend; seine Schwester folgte in der Tonlage einer wild gewordenen Kreissäge, sie rempelte meinen Stuhl so heftig an, dass ich das Glas fast selbst umgerissen hätte.

Meine Liebste warf mir einen Blick zu, der mich beruhigen sollte. Das tat er nicht. Wir waren hergekommen, um diesen friedlichen Sommerabend auf der Restaurantterrasse zu genießen, einen der letzten Sommerabende in diesem Jahr, wir hatten Wein bestellt und ein teures Menü.

Und dann war diese Familie aufgetaucht, um uns und all jenen, die ihre Kinder zu Hause beim Babysitter gelassen hatten, den Abend zu verderben. Anfangs ließen sie ihre Schraten Slalom um den eigenen Tisch laufen, aber als ihnen das zu laut wurde, schickten sie sie weiter weg, zu Leuten, die so aussahen, als seien sie zu sensibel, um sich zu wehren.

Zu uns zum Beispiel.

Ich winkte den griechischen Kellner heran und fragte, ob er etwas dagegen tun könne. Der Kellner guckte verständnislos.

«Aber», sagte er dann lächelnd, er musste lauter sprechen, um den Lärm zu übertönen, «es sind doch Kinder. Die spielen doch nur.»

Ich rief ihm zu, dass wir nichts gegen Kinder hätten, ganz im Gegenteil, aber dass wir trotzdem gerne in Ruhe essen würden; er möge die Eltern dieser Kinder doch darauf hinweisen.

Zögernd ging der Kellner auf den Tisch der Eltern zu, die ihr Bier tranken, ungerührt davon, dass ihr Nachwuchs es gerade geschafft hatte, eine ältere Frau auf dem Weg zur Toilette fast zu Fall zu bringen. Aber kurz bevor er den Tisch erreicht hatte, ließ er sich von einem anderen Gast aufhalten, vergaß meine Bitte augenblicklich und mied ab da jeden Blickkontakt und die Nähe unseres Tisches.

Nach einigen Minuten versuchte ich, seinen Chef heranzuwinken. Er reagierte nicht, vermutlich dachte er daran, dass ein Ehepaar mit zwei Kindern ein Vielfaches mehr Umsatz machte als ein Ehepaar ohne Kinder, allein schon der umgekippten Gläser wegen.

Mittlerweile hatten der Junge und das Mädchen am Tisch zu unserer Linken den Brotkorb abgeräumt; jetzt spielten sie kreischend Fangen um den Tisch der beiden Esser rechts von uns. Der Mann krallte seine Finger ins Tischtuch, um Fischteller und Getränke zu retten, die Frau bat die Kinder mit zunehmend hysterischer Stimme, endlich aufzuhören. Der Kellner war nirgends zu sehen, die Eltern in der anderen Terrassenecke würdigten ihre Blagen keines Blickes.

Ich stand auf und legte mein Sakko ab. Als ich mein Haar verwuschelte, seufzte meine Liebste.

Ich ging in die Hocke und begann, zwei Brotscheiben mit lauten «Brumbruuum»-Geräuschen um unseren Tisch zu schieben wie zwei Spielzeugautos. Die Kinder sahen kurz herüber und rissen dann weiter an der Tischdecke des

Nachbartischs, bis die zwei Erwachsenen entkräftet aufgaben.

Nachdem ihre Teller und Gläser auf dem Boden zerschellt waren, stellte sich mir ein Paar Schuhe in den Weg. Sie gehörten dem Kellner. Er fragte, ob er mir helfen könne.

«Nein», lächelte meine Liebste, «mein Mann spielt nur!»

Der Kellner zog sich, verunsichert lächelnd, zurück.

Die beiden Kinder wirbelten schon um den nächsten Tisch, an dem ein händchenhaltendes Liebespaar mit hilflosem Blick saß. Ich stand auf, warf die Brotscheiben in hohem Bogen über die Kinder hinweg auf die Straße und imitierte dabei das Geräusch einschlagender Granaten. Dann steckte ich mir den Schlips ins Hemd und hüpfte mit schlenkernden Armen an den Tischen entlang, vorbei an den Kindern auf den Eingang des Restaurants zu, wo mich der Kellner mit großen runden Augen erwartete. Kurz vor ihm vollzog ich eine scharfe Wende und hüpfte wieder zurück, wobei ich laut die Titelmusik von *Pippi Langstrumpf* trällerte und jedem Stuhl, an dem ich vorbeiging, einen kleinen

Schubs gab. Am Ende der Tischreihe angekommen, zeigte ich allen, die mich fassungslos anstarrten, eine lange Nase und skandierte händeklatschend: «Erwachsene sind dooof! Erwachsene sind dooof!»

Endlich standen die Kinder mit bewunderndem Blick neben mir.

Wir jonglierten mit Pfeffermühlen und stellten dem Kellner ein Bein, bis er nicht mehr lächelte. Dann bat ich das Liebespärchen um Erlaubnis, den über der Lehne hängenden Pullover des Mannes als improvisiertes Springseil benutzen zu dürfen, «der Kinder wegen, sie wollen spielen». Ich bin nie ein guter Seilspringer gewesen, und die zwei Kleinen konnten es auch nicht besser, aber es machte ihnen Spaß. Sogar ihre Eltern guckten kurz herüber, als ein Ärmel unter großem Gejohle abriss. «Kinder, Sie verstehen», entschuldigte ich mich beim jungen Mann, als ich ihm die Überreste des Pullovers zurückgab. Er bestellte hektisch die Rechnung.

Aus den Augenwinkeln sah ich, wie der Kellner im Restaurant verschwand und kurz darauf der Chef heraustrat.

«Wir spielen nur», wandte ich mich mit erhobener Stimme an ihn. «Sie haben doch nichts gegen Kinder, oder?»

Der Restaurantbesitzer verneinte hastig. Ich bat um einen Riesenteller Pommes auf Kosten des Hauses. Als wir drei uns mit den ketchuptriefenden Pommes bewarfen und ich Deckung hinter zwei bebrillten Damen suchte, registrierte ich zum ersten Mal leichten Unmut unter den Sitzenden beziehungsweise Aufspringenden.

«Ich bitte Sie, meine Damen und Herren», beeilte ich mich zu rufen, «es sind doch nur Kinder, die Kinder der Leute dahinten.»

Das hielt erste Gäste nicht davon ab, überstürzt aufzubrechen, umso überstürzter, weil wir jeden der Gehenden wenigstens einmal treffen wollten, die Pommes nicht ausreichten und wir nahmen, was auf dem Boden herumlag, vor einiger Zeit mussten hier auch Hunde gewesen sein.

Kurz nachdem ich den ersten ein wenig ungläubigen Blicken der Kindseltern begegnet war, machte meine Liebste eine finale Bewegung in meine Richtung. Aber ich winkte ab und schlenderte auf den Tisch der Eltern zu, die krampfhaft in die entgegengesetzte Richtung sahen.

«Ich wollte mich vorstellen», sagte ich mit quäkiger Kleinkinderstimme. «Ich bin der Tobi. Ich bin 38 Jahre alt, und meine Hobbys sind Schwimmen, Fahrradfahren und Frechsein.»

Der Mann ließ langsam sein Bierglas sinken.

Ich lächelte. «Ich will nur spielen. Genau wie eure Kinder.» Ich streckte die Zunge heraus, machte ein pupsendes Geräusch und stieß ein kurzes Indianergeheul aus. Dann umkreiste ich mehrfach den Tisch und improvisierte heftig das Intro von *We Will Rock You*. Die beiden Kinder sahen mir in stiller Bewunderung zu, bis ihr Vater aufstand und mit versagender Stimme fragte, ob ich das nicht anderswo machen könne.

«Waruuum?», fragte ich. «Wir spielen doch nur, und bis jetzt hat das auch keinen gestört. Oder?» Mit einer Kopfbewegung wies ich auf die leeren Nachbartische. «Und jetzt gib uns sofort die große Cola, die du uns versprochen hast, wenn wir brav spielen!»

«Ja!», schrien die Kleinen begeistert.

Ihr Vater sah mich fassungslos an.

Ich stampfte mit dem Fuß auf. «Du bist gemein!», schrie ich. «Du hast es uns versprochen!» Es ist schwer, als Erwachsener zu heulen wie eine durchgeknallte Feuerwehrsirene, aber es gelang mir minutenlang ganz gut.

Der Polizist, der hinter dem händeringenden Restaurantbesitzer auftauchte, ließ sich meinen Personalausweis zeigen, wurde aber sehr freundlich, als ich erklärte, ich habe nur mit diesen netten Kindern gespielt, wogegen doch wohl niemand etwas haben könne, zumal das Restaurant so gut wie leer sei und spielende Kinder einen besonderen gesetzlichen Schutz genössen. Aber das wisse er ja ohnehin. Und er sei doch wohl nicht so ein Kinderhasser wie der Restaurantbesitzer?

Der Polizist wies jegliche Kinderfeindlichkeit weit von sich und zückte ein Foto seiner zwei süßen Kleinen, die neulich erst beim Spielen mit seiner Dienstpistole Nachbars Katze erschossen hätten, Kinder halt, was solle man machen. Bevor er wieder abzog, entschuldigte er sich bei mir und ermahnte den Besitzer des Restaurants nachdrücklich zu freundlicherem Verhalten gegenüber Kindern.

Erwachsene sind

Der Kellner sprang sofort heran, als ich ihn ansah. Ich orderte drei große Cola auf Kosten der Eltern, rülpste laut und forderte die kichernden Bälger zum Nachmachen auf, der lauteste bekäme von ihrem Papi einen doppelten Freundschaftseisbecher mit Gummibärchen und Sahne. Während die Kleinen nach Leibeskräften rülpsten, bis sie rot im Gesicht waren, beugte ich mich zu den wie versteinert dasitzenden Eltern herab. Bei den Totenkopfindianern in Südamerika gebe es ein Spiel, flüsterte ich, bei dem die Kinder ihren Eltern alles heimzahlten, was diese bei der Erziehung versäumt hätten, ein Spiel, das ziemlich unangenehm und schmerzhaft sei, und dass ich ihren kleinen Teufeln dieses Spiel gleich zeigen würde – sie hätten doch nichts dagegen?

«Dass du immer so übertreiben musst», sagte meine Liebste, nachdem die Familie in aller Eile abgerückt war.

«Lass uns die herrliche Stille genießen», sagte ich und nahm einen Schluck Rotwein.

«Ich bin schwanger», sagte meine Liebste.

# Das Heck

***Unser*** Wochenendausflug ans Meer mit Nikolaus, Sabine und ihrem neuen Auto verlief entspannt und gut gelaunt bis zu dem Moment, als Nikolaus auf der Autobahn anfing, mit zusammengekniffenen Augen in den Rückspiegel zu starren und Verwünschungen zu murmeln.

Ich drehte mich um. Die Leute im Auto hinter uns wirkten in keiner Weise anders als andere Autobahnbenutzer, im Gegenteil, als sie merkten, dass ich sie beachtete, fuhren sie noch dichter auf.

«Die haben sich über uns lustig gemacht», sagte Nikolaus, der mich im Rückspiegel beobachtet hatte. «Merkst du, wie dicht sie herankommen? Als ob wir gar nicht da seien! Oder gar kein Auto hätten!»

«Oh, Nikolaus», sagte Sabine genervt. «Nicht schon wieder!»

Aber Nikolaus ist nicht umsonst mein Freund und Trauzeuge. Ich warf wieder einen Blick zu den Leuten hinter uns, die mit unbewegten Mienen durch uns hindurchstarrten. «Worüber haben sich diese Kerle lustig gemacht?», fragte ich.

Sabine stieß ein lautes Stöhnen aus. Nikolaus lachte kurz und freudlos.

«Tu doch nicht so ahnungslos!», sagte er dann. «Über unser Heck natürlich!»

Ich schwieg verblüfft.

«Unser Heck?», fragte ich endlich.

«Das Heck des Autos», assistierte Nikolaus sarkastisch. «Meines Autos.»

«Unseres Autos!», rief Sabine. «Und ich finde das Heck völlig in Ordnung! Außerdem sehen wir es ja nicht, wenn wir drinsitzen, oder?»

Meine Liebste und ich sahen uns ratlos an.

«Hat euch jemand einen dämlichen Aufkleber draufgeklebt?», fragte ich.

Nikolaus stieß ein gequältes Knurren aus. Meine Liebste stieß mich unauffällig mit dem Knie an.

«Ist ja auch egal», sagte ich leichthin, um den weiteren Verlauf des Ausflugs nicht unnötig zu gefährden. «Was meint ihr: Ob es am Meer heute auch wieder so windig ist? Erinnert ihr euch an den Sturm vom letzten Mal und an diesen kleinen dicken Jungen, der von seinem Drachen hoch in die Luft gerissen wurde, zusammen mit seinem dicken Vater, der ihn festhalten wollte, und dann kam der dicke Opa zu Hilfe und der …»

«Vielleicht weißt du es ja wirklich nicht», unterbrach mich Nikolaus. «Oder du willst es nicht sagen. Dann sage ich es eben: Das Heck dieses nagelneuen Autos, das ich noch jahrelang abbezahlen werde, ist ein hochgezogenes, auftrumpfendes, Aber-hallo-hier-bin-ich-Heck – ein Heck, das 16 Lautsprecher auf der Rückablage und Bass-Dauerwummern befürchten lässt, ein Heck, entworfen für all jene, die sich im Leben zu kurz gekommen fühlen.»

«Oh, nein, Nikolaus», beeilte ich mich zu versichern, «das wollte ich wirklich nicht sagen!»

«Aber alle anderen sagen es», rief Nikolaus. «Alle wichtigen Autozeitschriften haben es ungefähr so geschrieben! Und das heißt im Klartext: Ich, der Besitzer dieses Autos, ich bin für alle anderen auf dieser Autobahn nichts weiter als ein erbärmlicher Primitivling!»

Wir schwiegen. Dann drehte ich mich unauffällig um. So weit ich das von innen beurteilen konnte, sah das Heck aus wie jedes andere Autoheck. Gut, vielleicht war es eine Spur auffälliger, aber nur, wenn man ganz genau hinsah.

«Warum», fragte meine Liebste behutsam, «warum habt ihr dieses Auto eigentlich gekauft?»

«Die Besprechungen erschienen erst, als wir schon unterschrieben hatten», sagte Nikolaus mit Grabesstimme. «Es tut mir Leid, dass ich euch vorher nicht gewarnt habe, ich wollte wenigstens euch nicht den Ausflug verderben. Es war vermutlich ein Fehler, euch da mit reinzuziehen.»

«Nikolaus ...», begann ich.

Nikolaus warf mir im Rückspiegel einen furchtbaren Blick zu.

«Lass es einfach», sagte er. «Es hat keinen Sinn. Du hast keine Ahnung vom Stellenwert des Autos in der menschlichen Gesellschaft. Aber vielleicht ist ja sogar dir eines aufgefallen: dass heute kein einziges anderes Auto dieses Typs unterwegs ist. Dass sich niemand mehr mit diesem *Ding* auf die Straße traut! Niemand! Ist dir das aufgefallen?»

Sabine merkte vorsichtig an, dass es nicht ungefährlich für uns alle sei, wenn Nikolaus weiterhin mit beiden Fäusten auf das Lenkrad schlage.

Meine Liebste und ich mühten uns, das Gespräch auf anderes zu lenken, etwa auf die spannende Frage, was für ein Hotel es wohl sein mochte, das wir gebucht hatten.

Es war ein unerwartet kleines und feines Hotel. Auf dem Parkplatz standen stilvolle skandinavische Limousinen, und das Restaurant hatte große Fenster, sodass die Gäste den Parkplatz hervorragend im Blick hatten, wie Nikolaus fluchend anmerkte.

Er parkte weit vom Speisesaal entfernt, das Heck des Autos abgewandt und dicht an einer Mauer, und bat uns, unauffällig auszusteigen und uns möglichst schnell zu entfernen. Wir taten ihm den Gefallen und folgten seinem Wunsch, uns zum Abendessen möglichst niveauvoll zu kleiden.

Als meine Liebste und ich in den Speisesaal traten, saßen Nikolaus und Sabine in schwarzen Pullovern am Tisch, Nikolaus trug obendrein sein braunes Cordsakko, das er den ganzen

Abend nicht ablegte, obwohl ihm der Schweiß in den Kragen rann. Er verlangte übertrieben souverän nach der Weinkarte, orderte einen unverschämt teuren Wein und begann, laut über aktuelle Bühnenstücke zu dozieren, die er offenkundig nie gesehen hatte.

«Nikolaus», raunte ich ihm zu. «Was soll das Theater?»

«Siehst du die verächtlichen Blicke der anderen Gäste?», raunte er zurück. «Man muss uns beobachtet haben, als wir aus dem Auto stiegen!»

«Nikolaus, das stimmt doch nicht! Niemand guckt hier!»

«Ach nein?», zischte er. «Was meinst du, woran es lag, dass das Zimmer, das Sabine und ich gebucht hatten, angeblich doch nicht frei war, und wir ein kleineres im Erdgeschoss dicht am Ausgang beziehen mussten? Denkst du wirklich, das war nur Zufall?»

«Ich wusste das nicht», stotterte ich, «wir haben unser Zimmer bekommen …»

«Du bist auch nicht der Fahrer dieses Autos!», flüsterte Nikolaus. «Und jetzt hört endlich auf, die Ahnungslosen zu spielen: Wenn ihr zwei jetzt aufstehen und euch an einen anderen Tisch setzen würdet – ich könnte es verstehen!»

Sabine stützte ihren Kopf in beide Hände.

Meine Liebste und ich sahen uns an.

Als ich den Kopf zurückdrehte, kreuzte mein Blick zufälligerweise den des Kellners. Es ist erstaunlich, wie schnell ein Mensch im Verfolgungswahn andere anstecken kann: Ich hätte in dem Moment schwören können, dass die Lippen des Kellners sich verächtlich kräuselten.

Schnell sah ich zum Nachbartisch hin, wo das ältere Ehepaar saß, das meiner Liebsten und mir freundlich lächelnd zugenickt hatte, bevor wir uns zu Nikolaus und Sabine an den Tisch setzten.

Nun begegneten die zwei meinem Blick völlig unbewegt. Man hätte fast meinen können – abfällig. So abfällig wie die Autofahrer, die auf der Autobahn hinter uns gefahren waren.

Ich begann, nicht allzu leise über den Philosophen Kant zu sprechen, egal, wie sehr meine Liebste mich mit dem Knie anstupste.

Als ich später auf den Parkplatz ging, um unsere zweite Tasche aus dem Auto zu holen, kam mir vor der Hoteltür das ältere Paar entgegen.

Ich grüßte.

Sie grüßten nicht, und ich merkte, dass sie sich umdrehten und mir nachsahen.

Ich tat, als machte ich einen Verdauungsspaziergang, und beschloss, die Tasche ein andermal zu holen.

Ich lag lange wach, bis ich endlich in einen unruhigen Schlaf fiel. Als meine Liebste mich, frühstücksfertig angezogen, weckte, trug sie das Kostüm, das sie für unerwartete besondere Anlässe mitgenommen hatte. Nur weil die zweite Tasche noch im Auto sei, sagte sie wegwerfend. Dass sie auch ihre Ohrringe angelegt hatte, thematisierte ich nicht, ich war zu sehr damit beschäftigt, meine Krawatte zu binden.

Nikolaus und Sabine saßen am Frühstückstisch und lasen ostentativ die *Zeit*, denn wir hatten neue Tischnachbarn, ein Paar unseres Alters mit schicken Hornbrillen. Auf meinen Gruß nickten sie freundlich zurück.

Nikolaus lächelte erleichtert. «Wir dürfen jetzt keinen Fehler mehr machen», ermahnte er uns im Flüsterton, «wir dürfen nichts tun, was daran erinnert, dass dieses verdammte Heck auf dem Parkplatz zu uns gehört!»

Wir kamen gut ohne unsere zweite Tasche aus. Man braucht erstaunlich wenig Kleidung, wenn man die tagsüber getragene Unterwäsche abends im Hotelzimmer wäscht und trockenföhnt. Und eine Gegend wie die Ostseeküste lässt sich auch bei Wind und Regen prima ohne Auto erkunden.

«Ich habe nachgedacht», sagte Nikolaus zu mir, als wir abends hustend und schniefend zum Hotel zurückkehrten. «Es gibt zwei Möglichkeiten. Entweder ich lasse das Heck in der Werkstatt mit Plastikteilen verfremden, wie es die Autofirmen machen, um ihre Neuentwicklungen vor Paparazzi zu tarnen. Oder, besser, ich lege auf der Autobahn eine Vollbremsung hin, unser Hintermann rammt uns, und wir alle behaupten, vor uns sei ein Verrückter armrudernd über die Straße gelaufen. Die Karre ist vollkaskoversichert: Wenn wir Glück haben, ist es ein Totalschaden, die Versicherung zahlt, und ich kann schnell etwas kaufen, mit dem ich mich in der Firma wieder sehen lassen kann.»

«Du bist wahnsinnig!», sagte ich entsetzt.

Am nächsten Morgen waren wir früh auf den Beinen, so früh, dass noch keine Frühstücker im

Restaurant sitzen und sehen konnten, wie wir unser Gepäck in das auftrumpfende Heck luden.

«Nikolaus», sagte ich, als wir alle im Auto saßen. «Ich möchte dich bitten, jetzt keine Dummheiten zu machen. Wir alle haben noch viel vor im Leben.»

Nikolaus legte den Gang ein und gab Vollgas. Das Auto setzte zurück und prallte mit einem hässlich knirschenden Geräusch gegen die Mauer.

Als wir ausstiegen, hörten wir tänzelnde Schritte. Es war der Mann mit der Hornbrille vom Nachbartisch, im Laufdress und mit ein paar Zeitungen unter dem Arm!

«Oh», sagte er und steuerte auf Nikolaus zu. «Ihnen gehört dieses Auto? Da kann man ja gratulieren!» Er klappte eine Zeitung auf. «Ihr Wagen hat als erstes Auto überhaupt den internationalen Preis für Industriedesign bekommen: für das gleichermaßen avantgardistische wie ironisch zeitgemäße Heck! Aber – was haben Sie? Ist Ihnen nicht gut?»

# Oh, là là – das lustige Foto-Urinal

**Es** war Sonntagabend im Hauptbahnhof. Ich war unrasiert und übernächtigt, hatte eine schwere Tasche dabei und brauchte noch schnell eine neue Monatskarte für die S-Bahn.

«Aber die gibt es nur noch mit Foto», wiederholte die Frau am Schalter.

«Wo soll ich jetzt ein Foto herbekommen?», fragte ich ungläubig zurück.

«Um die Ecke ist ein Passbildautomat», sagte sie und wandte sich dem nächsten Kunden zu.

Früher hätte ich eine teure Einzelkarte gezogen, am nächsten Tag wieder und so fort, bis ich irgendwann einmal Zeit gehabt hätte, zu einem Fotografen zu gehen, der mich so sensibel ablichtete, wie es meiner Person entsprach. Irgendwann hat man keine Zeit mehr für solche Eitelkeiten, gerade wenn man weiß, dass viele Mitmenschen sogar mit einem Automatenfoto im Ausweis herumlaufen, ohne deswegen ausgegrenzt zu werden.

Der Passbildautomat befand sich in einer abgelegenen Ecke der Bahnhofsvorhalle. Ich schob den kleinen Vorhang beiseite, setzte mich auf den Drehstuhl und quetschte meine Tasche neben mich.

Vor mir auf dem Bildschirm kreisten vier Fahnen.

«Drücken Sie auf den Bildschirm, um die Sprache auszuwählen», sagte eine synthetische Frauenstimme.

Ich drückte auf Schwarz-Rot-Gold.

Auf dem Bildschirm erschienen Fotos einer lächelnden Dunkelhaarigen mit schlecht blondierten Haaren in diversen Größen und Stückzahlen nebst Preisen. Vier Passfotos kosteten fünf Euro, eins allein gab es nicht.

«Wählen Sie das Format!», befahl die Frauenstimme.

Ich tippte auf die Passfotos.

«Werfen Sie Geld ein», verlangte sie. «Dieser Automat gibt Wechselgeld.»

Der Automat schluckte einen Zehn-Euro-Schein. Es kam kein Wechselgeld. Ich drückte den Geldrückgabeknopf, vergebens.

«Bitte wählen Sie die gewünschte Fotoart»,

sagte die Stimme. Auf dem Bildschirm waren nun zwei Fotos der Blondierten zu sehen. Einmal sah sie aus wie immer, auf dem zweiten Foto trug sie eine Flügelhaube wie aus einem Asterix-Comic, und Sterne umschwirrten ihren Kopf.

Ich drückte wieder den Geldrückgabeknopf und dann noch ein paarmal. Ohne Erfolg.

Mir blieb nichts übrig, als mich dem doppelten Preis zu fügen, zumal es immer später wurde.

Ich tippte auf das Foto mit der normalen Frau.

Nichts passierte.

«Bitte wählen Sie die gewünschte Fotoart», wiederholte die synthetische Frauenstimme gelangweilt.

Unter dem Bildschirm befanden sich fünf kreuzförmig angeordnete Tasten. Versuchsweise tippte ich auf die in der Mitte.

«Sie haben sich für ein Fun-Foto entschieden, Sie wollen Spaß haben, oh, là là», leierte die Stimme los, und auf dem Bildschirm erschien ein Dutzend kleiner Fotos mit der Frau von vorhin in eigentümlichen Posen. Mal saß sie in einer Badewanne, mal trug sie ein Vampirkostüm, mal prostete sie einem zotteligen Teufel zu. Das

Foto mit Flügelhaube und Sternen war auch dabei, dazu drei weitere, auf dem sie statt der Haube einen Heiligenschein trug, ein Herz und einen Lorbeerkranz.

«Wählen Sie jetzt ihr Fun-Motiv», schnurrte die Frauenstimme fast anzüglich.

Ich zwang mich, ruhig zu bleiben. Es musste einen Ausweg geben.

Um das Lorbeerkranz-Foto war ein roter Rahmen aufgetaucht. Ich stellte fest, dass sich dieser Rahmen mit den beiden äußeren Tasten von Foto zu Foto hin- und herbewegen ließ. Das war alles.

Ich drückte auf die obere Taste.

«Güneiden ben schok arkdasch kigilüri!», sagte die Frauenstimme auf einmal, und auf dem Monitor erschienen drei nummerierte Frauen mit blondierten Haaren.

Schnell drückte ich auf die untere Taste.

«Kigilüri!», wiederholte sie aufgeregt. «Bilal inschi!»

Auf dem Monitor sah man, wie die drei Frauen aufmerksam in drei Kreise sahen, daneben zeigte ein großer Pfeil nach oben.

Ich sah nach oben.

Über dem Monitor war ein Spiegel, und in dem Spiegel befand sich ein Kreis.

Versuchsweise drückte ich schnell auf die untere, dann auf die obere Taste.

«Inschi!», sagte die Frauenstimme.

Jemand schob von außen den Vorhang beiseite.

«Hier ist kein Campingplatz», knurrte es. «Das ist ein Fotoautomat.»

Aus den Augenwinkeln sah ich eine blaue Uniform. Ich versuchte, mich auf den Kreis zu konzentrieren und zu lächeln.

«He, Meister, Schluss mit dem dummen Grinsen, ich rede mit dir!» Der Mann tippte mir auf die Schulter.

Ich drehte nur kurz den Kopf, um ihm einen ungehaltenen Blick zuzuwerfen. In dem Moment blitzte es.

«Oh», krächzte der Mann erschrocken.

Ich versuchte schnell, mein Lächeln wieder aufzusetzen und geradeaus zu sehen.

Es blitzte wieder.

«Das tut mir Leid», sagte der blau Uniformierte aufgeregt, «ich dachte, Sie sind ein, wie soll ich sagen …»

Es blitzte zum dritten Mal.

«Kerkilili!», krähte die synthetische Frauenstimme. «Gilüdon sussadem!»

Auf dem Bildschirm tauchten wieder die rotierenden Fahnen auf.

«Ach», der Blaumann schien erleichtert, «du verstehst mich nicht?»

«Doch», sagte ich gereizt, «ich habe alles verstanden.»

Der Blaumann sah mir ins Gesicht und entfernte sich schnell.

Im Fotoauswurfschacht surrte es. Vier identische Passfotos zeigten mich mit schiefem Lächeln und einem Lorbeerkranz auf dem Kopf.

Ich hätte sie einfach schreiend zerreißen und per Einzelticket nach Hause fahren können. Aber ich hasse es zu verlieren.

Wieder drückte ich die Deutschland-Fahne und stellte den Drehhocker etwas tiefer ein.

«Wählen Sie das Format», sagte die Stimme.

Ich besaß noch einen einzigen Zehn-Euro-Schein. Wieder kam kein Wechselgeld.

«Bitte wählen Sie die gewünschte Fotoart.» Der Bildschirm zeigte wieder die Blondierte mit und ohne Flügelhaube. Auch diesmal brachte das Auf-den-Schirm-Tippen-und-Klopfen nichts. Die einzige Chance waren tatsächlich die fünf Tasten, und mir war klar, dass ich die mittlere und die obere um jeden Preis meiden musste.

Mit angehaltenem Atem drückte ich die linke, die Taste, die fast direkt unter der Blondierten *ohne* Flügelhaube lag.

«Sie haben sich für ein Fun-Foto entschieden. Sie wollen Spaß haben, oh, là là», leierte die Stimme.

Ich hämmerte wild auf die rechte Taste, dann auf die untere und zum Schluss auf die mittlere.

Wieder zeigte der Bildschirm die Flügelhauben-, Teufels-, Vampir-, Herz- und Lorbeerkranz-Fotos. Der rote Auswahlrahmen erschien, und ich kam nicht mehr zurück.

Jemand schob den Vorhang beiseite, ich roch Alkohol und hörte das Geräusch eines Reißverschlusses. Als ich kurz nach links sah, stellte sich dort ein Schwankender mit geschlossenen Augen in Position. Ich öffnete den Mund.

«Betätigen Sie nun den Startknopf für Ihr Fun-Foto», mahnte die Frauenstimme.

Der Schwankende riss die Augen auf, sah mich verwirrt an und taumelte weiter.

Ich suchte überall in der Kabine nach einer *Escape*-Taste. Es gab keine.

Ich probierte den Geldrückgabeknopf, natürlich vergeblich.

«Sie wollen Spaß, oh, là là, aber Sie haben vergessen, den Startknopf zu betätigen», drängte die Frauenstimme.

«Blöde Kuh», schimpfte ich.

«Betätigen Sie nun den Startknopf, um Ihr Fun-Foto zu erstellen, ansonsten trifft der Automat die Auswahl für Sie!», drohte sie.

Ich drückte wieder auf den Geldrückgabeknopf, nein, ich schlug darauf ein.

«Blöde Kuh!», rief ich. «Das ist Betrug!»

«Trottel», sagte die Frauenstimme. «Der Automat hat die Wahl für Sie getroffen. Haben Sie viel Spaß mit Ihrem persönlichen Fun-Foto!»

Es blitzte.

Im Ausgabeschacht lagen vier neue Passfotos von mir mit einem Lorbeerkranz auf dem Kopf.

Für eine Einzelfahrkarte hatte ich nicht mehr genügend Kleingeld, ich hatte nur noch meine

FOTO
fix

Kreditkarte, mit der ich eine Monatskarte kaufen konnte.

Die Frau am Schalter heftete das Lorbeerkranz-Foto auf die Karte. Dann fixierte sie mich stirnrunzelnd. «Sie haben Ihren Lorbeerkranz nicht auf», sagte sie streng.

# Meine Unterhose ist kein Schnäppchen

**Ich** hatte dieses Gefühl schon länger, und es wuchs mit jedem Morgen, an dem ich in der Zeitung von Schnäppchenjägern, Geizgeilen und Nimm-vier-zahl-drei-Billiganbietern las, von ruinösen Rabattschlachten und Stellenabbau im Einzelhandel. Wenn ich danach die Zeitung weglegte, stellte ich mir unsere Straße ohne Gemüseladen vor, ohne den kleinen Supermarkt, ohne den Schreibwaren- und Zigarettenladen, und es war eine unangenehme Vorstellung. So ging es bis zu jenem Tag im Winter, an dem mir klar wurde, dass ich unwiderruflich eine neue lange Unterhose brauchte. Und plötzlich wusste, dass der bevorstehende Kauf nicht irgendein Kauf werden würde, sondern ein Akt staatsbürgerlicher Verantwortung.

Lange hatte ich mich beim Shoppen nicht mehr so gut gefühlt. Ich betrat das Kaufhaus, in dessen leeren Räumen die Verkäufer grüppchenweise auf ihre Entlassung warteten, schlug einen verächtlichen Bogen um die Schnäppchenstände mit den *Minus 60 % und mehr!!!*-Plakaten und stieß in die hinterste Ecke des Verkaufsraums vor, wo es keine *Reduziert*-Schilder gab und fingerdicker Staub auf den Waren lag.

Ich hatte gerade genug Zeit gehabt, um an einem Verkaufstisch mit langen Unterhosen meine Größe zu finden, da sah ich mich einem Verkäufer gegenüber. Dieser murmelte unterwürfig, ich möge entschuldigen, es handle sich vermutlich um ein Versehen, aber leider sei dieses Produkt ausnahmsweise zurzeit nicht verbilligt zu haben, doch es gebe sicherlich den einen oder anderen Weg … «Das macht nichts», unterbrach ich milde, aber mit fester Stimme, «im Gegenteil. Ich will keinen Rabatt. Ich möchte den vollen Preis bezahlen!»

Verständnislos starrte er mich an. Ich musste meine Worte noch vier- bis fünfmal wiederholen, während mich immer mehr Verkäufer mit offenen Mündern umringten.

Endlich lächelte einer, zwinkerte mir zu und sagte, er verstehe: Man könne zur Unterhose noch ein Paar Kniestrümpfe gratis dazugeben, vielleicht auch ein passendes Gratisunterhemd, das sei doch sicher ein akzeptables Angebot?

«Nein», wiederholte ich, bemüht, meine Stimme keine Spur arrogant klingen zu lassen, «ich sagte doch: Ich möchte einfach den vollen Preis bezahlen.» Das Lächeln des Verkäufers gefror.

Ich ging mit meiner langen Unterhose zur Kasse.

Kurz bevor ich sie erreicht hatte, trat mir ein Herr in den Weg, der mir die Hand schüttelte, sich als Abteilungsleiter vorstellte und mir zumindest eine spezielle Ratenzahlung für lange Unterhosen anbot, Zins null Komma null Prozent, ohne Schufa-Auskunft, wahlweise aber zwei Unterhosen für den Preis von einer.

Ich zeigte meinen gefüllten Geldbeutel und erklärte, in der glücklichen Lage zu sein, den vollen Preis für eine lange Unterhose sofort entrichten zu können; ein zweites Exemplar benötige ich nicht. Der Abteilungsleiter starrte mich an, als sei ich nicht ganz bei mir, zog mich vor ein großes Regal mit Sportsocken und fragte, ob er mir zwei Paar davon als Dreingabe in die Hand drücken dürfe.

Ich blieb hart.

«Was ist mit Ihnen los?», fragte er fassungslos. «Was wollen Sie von uns?»

«Ich bin ein verantwortungsvoller Mensch», sagte ich. «Ich möchte etwas für den Erhalt dieses Geschäftes und für unsere Wirtschaft tun. Und ich möchte helfen, Ihren Arbeitsplatz zu erhalten!»

Als er merkte, dass ich nicht mitlachte, hörte er wieder auf zu lachen. Er unternahm einen halbherzigen Versuch, mir ein Paar Socken in die Jackentaschen zu stopfen, wo sich jedoch längst meine Hände befanden, stammelte, so etwas sei ihm noch nie passiert, und rief über Handy den Geschäftsführer.

Der bat mich in sein Büro, bot mir Kaffee an und fragte, ob ich mich als Kunde nicht ordentlich behandelt fühlte. Doch, sagte ich energisch, aber darum gehe es nicht. Ob ich in diesem Fall, fragte der Geschäftsführer weiter, nicht Interesse hätte, zu Hause in aller Ruhe zu testen, ob mir die lange Unterhose tatsächlich gefalle, ich könne in ein paar Wochen, gern erst auch in ein paar Monaten, wiederkommen, um zu bezahlen, um die Unterhose zurückzubringen oder um sie gegen neue Testware einzutauschen, zum Beispiel eine Badehose. Und auch diese könne ich nach ein paar Monaten wiederum von Neuem eintauschen, zum Beispiel wieder gegen eine lange Unterhose, das neueste Modell natürlich, das gehe ganz problemlos, sagte der Geschäftsführer lächelnd; viele machten das jetzt so.

Als ich noch immer den Kopf schüttelte, griff er zum Telefon, wählte die Nummer einer psychologischen Beratungsstelle und gab eine Beschreibung von mir durch, die den Leuten dort offenbar nichts sagte. Dann drückte er auf einen Knopf unter seiner Schreibtischplatte. Umgehend erschien ein bulliger Hausdetektiv und filzte mich auf versteckte Mikrophone oder Kameras. Nachdem er wieder gegangen war, bat mich der Geschäftsführer flehentlich, die Wahrheit zu sagen.

Ich lächelte verantwortungsvoll-staatsbürgerlich. «Sehen Sie», sagte ich, «ganz einfach. Ich bekomme von Ihnen drei wichtige Leistungen. Erstens diese Unterhose. Zweitens das Bestreben Ihrer Einkäufer, um für mich möglichst hochwertige Ware wie diese Unterhose zu besorgen. Und drittens die Arbeit Ihrer Verkäufer, die mich verantwortungsbewusst beraten. Das alles ist etwas wert. Und ich möchte nichts anderes, als dafür einen angemessenen Preis zu bezahlen. Verstehen Sie endlich?»

Der Geschäftsführer sah mich an, wie vom Donner gerührt. Dann packte er die lange Unterhose langsam in eine Tüte. «Meinetwegen», flüsterte er, «nehmen Sie sie umsonst mit!»

Die Wirtschaft ist nicht zu retten. Ich habe es versucht.